他是

彼得·杜拉克（Peter F. Drucker）

被譽為管理學之父，
他寫的《管理》是經典中的經典。

她叫

川島南

始料未及地接任高中棒球隊經理，
為了某個私人的原因，不顧成員反對、球隊戰績多麼差，
都執意要誓言「打進甲子園」……

もし高校野球の女子マネージャーがドラッカーの『マネジメント』を読んだら

如果高校棒球女子經理讀了彼得・杜拉克

岩崎夏海／著・加藤嘉一／譯

新経典文化
ThinKingDom

跨界推薦

要吃水煮蛋，一定要在水還是冷的時候放蛋下鍋，一旦水煮開了再放蛋，蛋殼一定破裂！成功的方程式是漸進式的，要有一定的方法與時間。仔細慢慢地閱讀此書，就能找到管理和成功的解答！

——王品集團董事長　戴勝益

我熱愛棒球，為此踏遍大聯盟球場，自己也下場打球。我必須工作，從基層做起，被人管也管人。總覺得棒球跟工作像是有些什麼血緣關聯。這本書幫忙做了親子鑑定，ＤＮＡ相似度果然很高，最大公約數是杜拉克，也就是管理。球隊、企業以至於任何組織，都需要好的領導與管理，演藝團體也不例外。沒錯！這本小說就是以當紅的「ＡＫＢ４８」為雛型發展的。看門道的、看熱鬧的，都可以撿到球，不會空手而歸。

——悠遊卡公司董事長　劉奕成

「經理人」的責任，是給予團隊正確及清楚的目標，然後透過「管理技能」及「個人魅力」，帶領團隊共同達成組織的目標。我們都知道，團隊合作的成效，遠遠大於單打獨鬥，所以身為專業經理人，不斷的提升個人的領導能力，也是職涯上的最大挑戰！我推薦這本《如果高校棒球女子經理讀了彼得·杜拉克》，我不但從中享受了閱讀的樂趣，也從中模擬、學習管理技能。

——職場達人　邱文仁

這本書將彼得．杜拉克的管理理念，套用到高中棒球隊的經營上，以更寬廣的角度詮釋了我們原本以為只適用於公司中的管理知識。看著程高棒球隊跟著彼得．杜拉克去嘗試各種創新活動與溝通技巧，每個人一步步努力前進，我的心也跟著一頁頁感動。不只是棒球隊，任何需要團隊合作的組織，都能參考本書中的思考模式。

樂團也是如此，大家有著共同的興趣，不同的專長與個性，在充分溝通和有效率的努力下，所有人都能替團隊提供價值並獲得自身的滿足，達到最終目標且回饋給社會。

——蘇打綠貝斯手　馨儀

特別推薦給完全不懂彼得．杜拉克及商管知識的讀者。娛樂性十足的有趣內容，讓人很容易了解組織的定義與內涵。

——日本作家

書中提到的情境，都是我在擔任社團指導老師或導師時會發生的。

——日本高中老師

故事非常易懂好讀，沒想到到管理學能如此令人感動，後半本的熱血沸騰，好看到激動不已。

——日本上班族

最厲害的感動型組織論！什麼是團隊、什麼是組織，一點就通。

——日本系統工程師

正在找工作的我，求職空檔時也會翻閱。我從「什麼是顧客」的角度做了企業研究及自我分析，對於到職後的畫面也因而鮮明起來。

——日本大學生

即使讀過杜拉克原書的人，恐怕也無法在完整讀完後如此感動。這本書最與眾不同之處，就是讓人深刻感受到作者很紮實地精讀了杜拉克的書，才能有如此動人的作品。

——日本一般讀者

書中所說跟期權交易中的管理學幾乎是一樣的，讓我學了一課。

——日本投資部落客

擔任棒球教練二十五個年頭，深感「溝通」真的很難。杜拉克先生要我當個稱職的聆聽者。

——日本棒球隊聯盟會長

我不懂棒球，但這書讓人身歷其境，讀起來津津有味。不打球的我，也能深深理解運動家精神透露出來的人生哲理。「什麼是正直的品格？」這不是放諸四海皆準的嗎？

——日本主婦部落客

緣起

09年底，日本經歷了長期的經濟低迷後，社會瀰漫著對未來的不確定感，人際關係也漸趨淡薄。人們從各式各樣工作術、實做書中尋找方向感；這個時候，一本美少女封面的跨類型小說：《如果高校棒球女子經理讀了彼得．杜拉克》，像投在海裡的炸彈，激起了讓所有人瞠目結舌的火花。

它不但是日本鑽石社創社九十八年來的第一本百萬暢銷書、創下每五秒賣出一本的紀錄；更教人驚訝的是，它居然掀起日本從學生到社會人士瘋狂重讀杜拉克管理學的熱潮。這本看似輕量感的小說，到底有什麼魔力？

作者岩崎夏海受訪時曾說：「這本書反映出現代人對共同價值觀的渴求。」確實，越是充滿自由的環境，人心越渴望有一致的追求目標；越是個人至上的社會，越容易懷念起大家一起揮汗打拚的感動。

原來這就是管理的核心。管理從來不是「管你」的學問、不是上司對下屬的手段。看了程高棒球隊從B咖變A⁺團隊的經過，會發現甚至不必是主管，一樣能發揮管理的影響力。

當紅葉少棒變成傳說，當職棒消息常令人惋惜，當每天報到的公司、社團讓你一睜開眼就想逃跑，書中那種充滿榮譽心與參與動力的熱情，以及無論如何都要努力再努力不願留下後悔的決心，重新燃起我們心中不曾真正被澆熄的火苗。透過杜拉克管理學的指導，讓不可能變成可能。

對編輯人來說，看到精闢的知識藉由新的寫作形式，被跨世代的讀者喜愛、接受，是莫大的喜悅。杜拉克對組織運作的「先知」能力，以及對人的價值的高度肯定，讓相隔三十七年後再讀到《管理》這本書的我們，忍不住跟著故事主角小南一起，在感動中學到管理。

新經典文化編輯部

目次

◉故事開始之前

川島南接下棒球隊經理，是高二那年的七月中[1]、快放暑假的時候。

整件事令人始料未及。在這之前，小南從沒想過自己居然有一天會成為棒球隊的經理。她是一個完全不出鋒頭的平凡高中女生，原本沒參加任何社團，跟棒球校隊更壓根扯不上邊。

因為事出突然，小南不得不在高二暑假來臨前這個怪異的時間點上，中途加入球隊。

接任這個職務後，小南心裡不斷浮現一個聲音：「要讓棒球隊打進甲子園[2]！」她打算以這為動力，把球隊經理的任務徹底做好。

這跟夢想那種隱隱約約的念頭不一樣，不只是期待，而是清楚明白的目標，也是她給自己的使命。小南不是「想讓」棒球隊打進甲子園，而是下定決心「要讓」棒球隊打進甲子園。

目標雖然立定了，但該怎麼做才能實現，卻毫無頭緒。就像前面提過的，小南之前一直過著與高中棒球隊毫不相干的生活，不但對球隊管理沒什麼概念，連「經理」這個角色到底要做哪些事，她也不清楚。

但是小南完全不在意。

「總會有辦法的。」她天真地想著。小南完全不是三思而後行的類型，反而是喜歡先做了再說的行動派。

即便擔任棒球隊經理也是一樣。在還沒想清楚「怎樣能打進甲子園」之前，小南就先誇下海口：「要讓棒球隊打進甲子園！」甚至，決定之後也沒進一步擬訂計畫，而是打算直接展開行動。

1 日本學制以四月起始為新學年。川島南就讀的高中為三學期制，上課時間分別為：四至七月為第一學期、九至十二月為第二學期、一至三月為第三學期。

2 甲子園為「日本阪神甲子園球場」簡稱，目前除了為職棒阪神隊的主場外，並在春夏兩季舉行高中棒球錦標賽。三月下旬至四月舉行「選拔高等學校野球大會」，簡稱「春季甲子園」；八月舉行「全國高等學校野球選手權大會」，為「夏季甲子園」。高中棒球隊必須在甲子園大會之前的地方預賽勝出，才能取得甲子園的出賽資格。

◉第一話

什麼？打進甲子園？

1

小南就讀的高中，是一所叫做「東京都立程久保高校」的普通公立高中。程久保高校——簡稱「程高」，位於東京西部、關東平原與奧多摩丘陵地帶的交界，那一帶盡是大大小小的丘陵。

校園就蓋在這些丘陵之中，視野相當好的山頭上。從教室的窗戶望出去，遠處奧多摩的連綿山巒盡收眼底，晴天時更可以遠眺富士山。

這一帶山林在昭和年代中期就已經開發成市郊住宅區，不過周圍還留有許多雜樹林，在東京可算是自然景觀豐富的地方。

程高是升學高中。偏差值超過六十，大學升學率幾乎百分之百，每年更是會出幾名考上東大的學生。

程高的升學成績出色，但在運動方面的表現卻不算特別突出。運動性質的社團雖然活躍，但完全沒有一支實力強到能進軍全國大賽的隊伍。

棒球隊正是如此：實力雖不至於墊後，但也非頂尖，稱不上能將「打進甲子園」當成目標的水準。棒球隊以往的最佳戰績只有二十多年前有一次打進地方大會的第五輪賽事（前十六強）而已，大多時候打到第三輪就出局了。

程高棒球隊一直以來的實力小南是心裡有數的，所以原本也沒認為前進甲子園會是輕而易舉的事。但就算有了心理準備，真正加入球隊、看到實際狀況後，還是非常錯愕。現狀也未免太糟糕了。別說是打進甲子園，連能不能取得首戰勝利都是一大問題。

小南接任經理的時間，正好遇上球隊剛打輸夏季東京都預賽[1]，且高三社員退休時。在這種氣氛下，練球時刻常常沒幾個人到場。

這段時間棒球隊原本應該繼續正規練習的，但大部分隊員不是無故請假，就是連一聲知會都沒有，直接蹺社。

隊上的風氣就是這樣，來不來練球全看個人高興。說好聽一點是自由，其實是沒紀律。無論社員請假再多次、曠缺再多次，都不會有人說什麼，也不會遭人側

---

1 東京都地區舉辦的地方大會，在這比賽勝出者，即可在甲子園一展身手，屬於夏季甲子園資格賽，又稱「夏季大會」。

目。

小南第一次參加練習時，出席的社員只有五名。全部成員共有二十三名，卻四分之三以上都缺席，而且這情況大概持續了一個禮拜左右。

就這樣，一轉眼暑假就要到了。

於是小南著急了起來，她不願意什麼都沒做就這樣進入暑假，至少得把自己的想法傳達給一些人。然後，還得找到贊同她想法與願意出力幫忙的夥伴才行。

所以，她向教練與零星出席的社員表明了決心：「我要讓棒球隊打進甲子園！」

聽到這話，大家的反應不一。有人聽得很認真，有人一副左耳進、右耳出的表情，還有人提出講不到重點的意見。唯一的共識是：大家都覺得不可能。

總教練加地誡說：

「這未免太痴人說夢了。甲子園大會可是有九十年以上的歷史，能在西東京地區脫穎而出的都立學校，就這麼一所：都立國立高校。至於私立高中就更不用說了，西東京是私立強豪的激戰區——櫻美林、日大三高、早稻田實業等都是有過甲子園優勝紀錄的強隊，想挺進甲子園得先打倒這些強隊，這太不可能了吧！」

隊長星出純接著開口。

「說真的，這目標太難了。我們加入棒球隊不是為了打進甲子園，大家只是想練練身體、認識朋友，或留下一些高中時代的回憶罷了。還有很多人是因為小時候就打棒球、打成習慣了，也沒有其他想做的事，就繼續打下去的。對這些人說：『讓我們以打進甲子園為目標吧！』的話，應該沒有誰會當一回事啦！」

身為野手要員的捕手柏木次郎說：

「我說啊，這件事真的太難了。雖然可以理解妳的心情，但現下的實力若硬要以甲子園為目標，失敗時的打擊也會很大喔！與其這樣，還不如一開始不要說這種大話，先想辦法打進第三輪還比較實際吧？」

接著，次郎忽然壓低音量，問了另外的問題。

「這樣的話，妳是來真的喔？妳真的打算認真做棒球隊經理喔？之前發生的事已經沒關係了嗎？……因為，妳之前還這麼討厭棒球……」

小南瞪了次郎一眼，嚇阻他不讓繼續說下去。

「你如果跟其他人亂講什麼，我可是不會原諒你的喔！」

「但是……好啦，我知道了啦！」次郎只好縮起脖子，閉上嘴。

最後問到同樣身為球隊經理的一年級女社員北條文乃。

「咦？喔，是。妳說甲子園嗎？嗯，對。這個嘛……不是啦……喔對……」

支吾了半天也沒說出個所以然，小南還寧願她什麼都沒有說。

結果，認同小南的提議、願意共同努力的人一個也沒有。

就算這樣，小南並不洩氣，反而燃起一股鬥志、更加躍躍欲試。

好有趣啊，小南這麼想著。就是因為大家都覺得不可能，倒讓我更想做下去。

小南就是這樣的個性，情況越是不順利，就越能激起她不服輸的個性。

不過，並非完全沒有人站在小南這一邊；比賽之前，她找到一個有力的同伴……

2

決定做好經理這職務後，小南做的第一件事便是去翻字典，查出「經理」是什麼意思。因為就連字面上的意思，她都不太了解。

她翻了家裡的《廣辭苑》辭典，讀到這樣的解釋：

經理【manager】負責人。經營者。管理者。監督者。

然後，在這行旁邊標示著另一個辭彙。

經營管理【management】管理。處理。經營。

於是小南理解到，所謂「經理」就是「執行管理工作與經營工作者——也就是負責經營管理的人」。

接著，小南來到附近的大型書店，想找找看有沒有能把經理或管理解說得更具體的書。

踏進書店的小南，向店員詢問。

「你們有沒有關於『經理』或『經營管理』方面的書呢？」

年輕女店員聽到小南的問題後，馬上跑到店後方，拿了一本書回來遞給小南。

「要不要參考看看這一本？這本是『經理』或『管理』類書籍中，最有名的一本。是世界上翻閱率最高的書喔！雖然是三十多年前寫的，但到現在還是非常熱賣的長銷作品。這本是擷取重點的精華版。另外還有完整版，有三大冊，不過比較推薦入門者讀這本精華版。」

聽到這番話的小南，端詳著手裡的書，書名是《管理》，作者是彼得·杜拉克，由上田惇生編譯，鑽石社出版[2]。

只看了封面的小南，完全沒翻內文就買下了。售價二千一百圓日幣，雖然有一點貴，但聽到這是世界上翻閱率最高的書，小南的興致就被激起來了。

況且她也覺得，老是考慮這考慮那的，不是辦法。

——因為我本來就不知道「經理」這個字的意涵，當然也無法分辨這本書的好壞。這種時候就不用猶豫，買來讀讀看就對了。

回到家的小南，迫不及待打開書來讀，但翻沒幾頁就後悔了，書裡完全沒提到任何跟棒球有關的字眼。這書跟棒球毫無關聯，寫的全是「企業管理」的事。

小南開始懊悔自己幹嘛那麼衝動。

——我至少應該看清楚書裡有沒有寫到棒球呀，個性再急也該有個限度。下次一定要確認過內容再買！

即便如此，小南還是很快收拾起煩躁的心情，繼續往下翻。

——都付了二千一，就讀讀看好了。即使跟棒球沒有關係，但它畢竟還是「世界上翻閱率最高的書」，應該可以多少參考一下吧！

小南自責歸自責，但總是能馬上調適好心情，因此很少會真的為事情沮喪。唯一的壞處是，急驚風的個性總也改不掉。

沒想到，這本書竟越讀越有趣。而且越往下翻才發現作者寫的不只是「企業管理」，還包含「組織」的管理。

所以也不能算跟棒球完全無關，棒球隊也是組織的一種。換句話說，學會管理組織的方法，也就掌握了管理棒球隊的方法。

這樣想之後，小南鬆了一口氣。

——這本書也不能算是完全用不上嘛！而且，就算最後派不上用場，讀起來還是很有趣。

2 完整版書名為*Management: tasks, responsibilities, practices*，繁體中文版為《管理的使命》、《管理的責任》、《管理的實務》三冊（天下雜誌出版），精華版並未發行。

雖然仍沒辦法完全讀懂，但重要的是，小南感覺得出這內容非常精闢，一字一句都是珍貴的訊息。

深受內文吸引的小南，入迷般地繼續讀著。讀到大約三分之一的部分時，有六個字吸引住她的目光，小南心裡像被小石頭敲了一下。

經理人的特質（一二九頁）

這個標題嚇了小南一跳。

這幾個字出現在〈經理人〉這一章裡，是其中的一個小標題。

——啊，接下來一定會寫到成為經理的必要特質。

然後，小南開始擔心起來。

——萬一……我沒有這些特質怎麼辦？

小南無論如何都不希望過不了這一關。因為，如果連基本特質都不符，無異於被蓋上失格的烙印一般，而想讓棒球隊打進甲子園的目標，也就等於被這本書宣告不可能實現。

向來，小南對身邊人的冷言冷語，幾乎都不會放在心上。就連棒球隊社員潑她冷水時，她也一點都不在乎。

但這本書不同，小南不想被寫中什麼。「這是世界上翻閱率最高的書」固然是原因之一，更重要的是她親身感受到這本書的魅力。

講白一點，便是她越讀越喜歡這本書。所以，小南無論如何也沒辦法若無其事地看到書裡說她不適任經理這個職務。

心噗通噗通地跳著，小南一邊讀了下去。這時，書裡出現了這段文字：

管理領導能力，可以從擔任會議主席或面試技巧裡學到。透過組織架構、升遷制度、獎勵制度，可以很有效地發掘人才、任用人才，但這些是不夠的。管理者一定要具備的特質是：正直的品格。（一三〇頁）

讀到這段的瞬間，小南就像被雷打到般震驚。不自覺地從書裡抬起頭來，好一會兒都發著呆。

沒多久，小南回過神來，再次回到書裡。繼續往下讀：

近來最受重視的經理人特質是：對人親切和藹、樂於幫助他人，以及溝通協調的能力。但光擁有這些特質還不夠。

事實上，運作優良的組織，絕對會有一個不出手幫忙、不與大家和睦相處的上司。這種上司不易接近、要求嚴苛，但往往卻是培育出最多人才的人，比大家都喜愛的人更得到尊敬。他要求員工拿出一流的工作表現，也這樣要求自己。他設下高標準，期待大家都要做到。他只考慮什麼是正確的，對事不對人。他看重一個人是否誠信正直，而不是只以他的知識能力論高低。

如果經理人缺乏這樣的特質，無論他多麼受人歡迎、樂於助人、和藹可親，甚至多有能力或多聰明，都是危險人物。這樣的人，既不適任為經理人，也不符合紳士的資格。

經理人要對整個體系進行系統化分析，經理人的必要能力可以透過學習而得到。但是，有一項特質卻學不來、也無法由後天培養，是與生俱來的。它不是才能，而是品格。（一三〇頁）

這段文字，小南反反覆覆讀了好幾次，尤其是最後兩句——不是才能，而是品格——同時喃喃自語，「……品格，是什麼呢？」

就在這時，眼淚突然不能控制地掉了下來。

這突如其來的反應連小南自己也嚇了一跳，她想不清楚為什麼會猛一個哭了出來，但眼淚就是掉個不停，甚至連聲音也哽咽了起來。

小南沒辦法繼續讀下去，她闔上書本趴在桌上，先放任自己好好地痛哭一場。

從打開書到現在已經過了一陣子，小南一個人在傍晚變得昏暗的房間裡，繼續啜泣了好一段時間。

3

結業式那天，離開學校的小南沒有馬上回家，反而搭上巴士前往位於市中心的大型綜合醫院，去探視住院的朋友。

她的名字叫宮田夕紀。夕紀跟小南在程高同一個年級，還是從小到大的好朋友。

到病房時，夕紀的媽媽宮田靖代出來迎接她。

「唉呀，是小南啊，歡迎！」

「阿姨午安。」

但病房裡不見夕紀身影。

「咦，夕紀呢？」

小南小時候就認識靖代了，因此每次跟靖代說話，就像跟自己的爸爸媽媽說話一般，可以毫無拘束地暢所欲言。

「啊，夕紀剛好去散步了。」

「散步……不要緊嗎？」

「走一下下的話倒沒有關係，應該快回來了。喔，才剛說人就回來了——」

小南一回頭，正好看到穿著運動服的夕紀站在病房門口。

「喔，是小南啊，歡迎啊！妳什麼時候來的？」

「剛到而已。不過，沒關係嗎？妳居然出去散步，不熱嗎？」

「嗯，我沒事，而且我有這個——」夕紀邊說邊指著自己頭上。她戴著一頂全新的草帽。

「啊，好可愛喔！」

「對吧？我就是因為想戴這頂帽子才出去的。」

小南完全能體會夕紀的心情。

「原來是這樣。也對啦，偶爾也想要打扮時髦地出去外面逛逛呢！」

「說什麼時髦嘛，我身上穿的可是運動服呀！」

一邊這樣說，夕紀一邊調皮地笑著。

靖代對說笑著的夕紀說：「啊，那我去買點東西喔。」然後轉向小南：「小南，這裡就拜託妳了。」

「好，路上小心。」

靖代出去後，小南熟練地打開冰箱，拿出杯子倒入麥茶，在病床前拉了折疊椅坐下來。坐回病床上的夕紀開口問了小南。

「棒球隊怎麼樣啊？」

「唔……雖然才剛開始，不過……」

「大家是不是都不太來練習？」

「對啊，一直都……只有小貓四、五隻。」

「這個時期都是這樣啦，去年也是。」

「這樣啊。」

其實夕紀原本是程高棒球隊的經理。她跟小南不同，是打從一年級就加入球隊的老鳥。

前一陣子的東京都預賽輸球之後，夕紀突然因病緊急入院。病況不輕，需要長期住院療養，可能還得動手術。

這件事不只夕紀本人，連小南也大吃一驚。對小南來說，夕紀不只是一起長大的玩伴，更是她最好的朋友。

不過，這情況不是第一次了。夕紀從小就身體孱弱，小學時更是幾乎每年都進出醫院。每回住院都在市立醫院，因此對夕紀與小南來說，市立醫院已經是相當熟悉的地方。

進了國中之後的夕紀身體比較健康，雖然還是會生病，但國中期間沒有住過院。小南也因此好一段時間沒有來了。

所以，這次再度住院，兩人都相當震驚。所幸夕紀沒有因此變得消沉，反而若無其事、開朗勇敢地面對住院生活。

小南從包包裡拿出書，翻開來問夕紀。

「我今天來，有點事想問妳。」

「這是什麼書啊？」

「妳先別問，先聽我說。妳先試著回答我的問題，我再告訴妳。」

「嗯，好。」

「那我要問了喔——棒球隊到底是什麼啊？」

「啊？」

「棒球隊是什麼？棒球隊的業務內容是什麼？應該做些什麼？」

「等、等一下，妳突然問這什麼問題啊？」夕紀大惑不解地看著著小南，「妳一項一項說清楚，我完全不懂妳在問什麼耶。」

「呃，就是——」小南邊說邊把書的封面亮給夕紀看，「其實我買了這本書……」

「《管理》？」

「對。我打算要好好做棒球隊的經理，想看一些可以參考的書，就買了這本。」

「喔，原來是這樣。那有派上用場嗎？」

「唔……這我也還不太清楚。書裡寫到，管理——就是經理的工作喔——為了要執行這個工作，首先得從為組織下定義開始。」

「為組織下定義？」

「對，書裡這樣寫的。」

如果要讓組織成員有共同的願景，一致的理解角度、努力方向，必須先針對「我們的業務內容究竟是什麼？該做些什麼？」做出明確的定義。（二二頁）

「也就是說，要管理棒球隊的話，首先必須想清楚『棒球隊到底是怎樣的組織、應該要做什麼事』才行。」

「喔喔，嗯……原來如此，所以妳才問我棒球隊是什麼……」

「對啊！就是這樣。如果這一點沒有定論的話，就沒辦法展開下一步，但我又完全沒有頭緒。」

「棒球隊，不就是打棒球的組織嗎？」夕紀不假思索地回答。小南面露失望神情，「這答案好像不對。《管理》裡頭是這樣寫的——」

什麼是業務內容，並非如一般理解的那樣簡單。鋼鐵公司就是製造鋼鐵，鐵道公司就是運送貨物與搭載乘客，保險公司就是接受火災危險理賠，銀行就是借錢給人們。實際上，問到「我們的業務是內容什麼」這個問題時，大部分的情況都很難回答。顯而易見的答案幾乎都不會是正確答案。（二三頁）

「所以呀，『打棒球』這個答案，就是『顯而易見』的答案，對吧？因此我想這應該不是正確答案。」

「啊，這樣喔。嗯……好難哪。」

「對啊，我就是被卡在這個地方。棒球隊究竟是什麼樣的組織，我想夕紀說不定會知道，所以今天才來問妳……」

於是兩人開始提出各種想法，嘰嘰喳喳地討論個不停。但是就算想破頭，還是找不到能讓彼此都欣然接受的答案。

這時小南話鋒一轉，問起另外一件事情。

「對了夕紀，妳為什麼想當經理呢？」

4

小南雖然是夕紀從小到大的玩伴，但夕紀喜歡棒球這件事，卻是一直到上高中後不久，夕紀有天突然說「我想進棒球隊」時，小南才知道的。

不過當時小南沒有追問原因，後來兩人之間也沒有繼續這個話題，所以她一直不清楚夕紀為什麼想當經理。

聽到小南這樣問的夕紀，不知為何臉色突然變得凝重了起來。夕紀緊抓起蓋在膝蓋上的毛巾毯一角，轉過身背對小南，望向病床旁的牆壁。

小南察覺到夕紀不太對勁。

「夕紀？」

但夕紀彷彿沒聽到小南說話似的，沒做任何回應。

過了一陣子，夕紀才轉過身來，對小南說：「我……有些話想告訴妳。」

「什麼？」

夕紀直視著小南，一字一句地、很用力地說著。

「我應該早一點跟妳說的，卻始終沒有勇氣，一直拖到現在。不過現在我想清楚了，決定把這件事告訴妳，小南妳願意聽嗎？」

「咦？嗯，當然願意囉！不過，妳如果不想說也不要勉強喔……」

「唉，」夕紀搖著頭說，「我其實一直很想告訴妳，但又怕說出來會被妳討厭——應該說是擔心小南會因而受傷，所以就忍著沒講。」

「耶？是什麼啊？唉唷，不要嚇我耶！」

小南盡量表現得開朗，拿出開玩笑的語氣。但夕紀仍愁眉深鎖的表情，讓周圍的空氣更加凝重了起來。

夕紀再一次背過身去，怔怔地望著前方。不久，像是終於下定決心般轉向小南，開始娓娓道來。

「小南，妳還記得嗎？小學的時候，在市聯賽決賽那一次……妳揮出再見安打。」

「啊……」小南終於弄懂了，她記得夕紀那時候就好像想要說些什麼。

同時，小南心裡浮起一陣苦澀。這是有點複雜的心情。一方面是夕紀即將說出的是她不想回顧的記憶，另一方面則是讓夕紀為她擔心的抱歉心情。

——我怎麼這麼遲鈍啊！

小南瞬間湧上厭惡自己的情緒，居然一直都沒有注意到夕紀的感受。

不過，她還是打算強作開朗乾脆的態度，沒想到一開口，語氣竟不由自主地僵硬，「喔……嗯，嗯。我記得……呀。」

夕紀繼續說了下去。

「那場比賽，我跟次郎一起在休息區旁觀賽。小南，妳上場的時候，第一球不是揮棒落空嗎？而且球棒揮得跟進球的角度完全不同，根本沒抓對擊球的時機。」

「……嗯。」

「看到那時候的小南，我好擔心，因為完全沒有任何打得到球的跡象，連從來沒打過棒球的我也看得出來，小南完全沒有抓到最佳的揮棒瞬間。這時候，坐在我旁邊的次郎說：『啊啊，她揮得這麼大力，肯定打不到啦，不好好看球再揮棒怎麼行啊！』我就越聽越擔心——」

「那傢伙居然這樣說喔。」小南露出苦笑表情。「那是我在演戲好不好？我是為了讓敵隊消除戒心，故意揮棒落空的啦！」

「我知道，」夕紀很認真地點頭，「後來妳有跟我說。」

「就這樣？」

「可是在妳告訴我之前，我不知道妳是在演戲，所以真的很擔心，心跳聲噗通噗通地看著妳在場上準備打下一球。接著，對方投出第二球，第二球……啊啊，小南，我只要想起那時候的情景，眼淚就忍不住掉下來。」

小南嚇了一跳，看著夕紀，夕紀的眼淚真的開始在眼眶裡打轉。

「我……真的很感動。」夕紀的眼淚撲簌落下，很努力地擠出聲音說：「那一球飛入右內野方向看臺時，我有生以來第一次感受到那種彷彿血液都要沸騰起來的感動。真的很開心！我想我一輩子也不會忘記那一瞬間，那種令人興奮到要跳起來的開心！」

小南什麼話也沒說，只是一直看著流淚的夕紀。

「這就是我想當棒球隊經理的原因。我一直忘不掉那時候的畫面，也想再一次經歷那時候的感受，所以我才加入棒球隊，成為球隊經理。我想，這樣的話，應該有機會能再重溫跟當時相同的感動。所以……所以我才進入棒球隊——對不起啊，小南！」

夕紀突然放大了音量。

「我一直想，如果把我當時的感動告訴妳，應該會讓妳很難受吧，所以一直沒有說。」

「妳還真傻耶！」小南再次露出苦笑表情，「我才不會因為這點小事就受傷呢！」

「我真的……一直很想告訴妳實情！」夕紀說著，眼神裡的情緒越發激動了起來。「我一直希望小南了解！我一直很想、很想告訴妳，看妳打球真的很感動。一直好想告訴妳！一直希望妳知道！可是，我說不出口。我沒有勇氣說。對不起……對不起啊……」

語畢，夕紀痛哭失聲，再也說不出話來。看著情緒崩潰的夕紀，小南只能急忙輕拍夕紀的背安撫她。到夕紀情緒穩定下來前，小南都一直這樣安慰著夕紀。

◉第二話

問題一籮筐的集訓

5

小南還是沒能搞懂棒球隊的定義是什麼。於是只好試著從頭認真地再把《管理》讀一遍，想弄懂書裡的意思。她讀到一段文字：

當我們定義企業的目的和使命時，只有一個出發點，就是顧客。顧客決定了「企業的業務內容」。業務內容不是依照公司名稱、章程或創辦宗旨而來，必須根據顧客購買產品或服務時，獲得的滿足來定義。也就是說，滿足顧客是企業存在的最大使命和目的。因此，「我們的業務是什麼？」這個問題，只能從企業外部尋找，要從觀察市場和顧客的角度，才能找到正確的回答。（二三頁）

小南每次讀到這一段就會卡住，搞不清楚杜拉克想說什麼。這裡的「顧客」一詞，到底指的是什麼。

當然，小南了解字面上的意思，就是「客人」的意思。可是，若是套用在球隊上，就不知道應該怎麼理解了。對程高棒球隊來說，到底誰是客人呢？小南抓破頭也想不出來。

《管理》同時提到：

所以，找出「誰是顧客」的同時，定義出企業的使命是更重要的課題。（二三～二四頁）

——對我們棒球隊來說，真正的「顧客」指的究竟是「誰」呢？

小南開始思索了起來。

棒球隊本來就不是營利團體，不可能會有所謂的往來廠商或顧客。不過，舉行比賽時倒是會有球迷觀賽，但球隊也沒有從他們手上賺取金錢。況且，比賽不收錢，是高校球兒[1]致力的最高原則。

如此一來，對棒球隊來說，顧客指的是哪些人呢？還是，來球場觀看比賽的觀

---

1 指為了打進甲子園比賽而致力於棒球的高中棒球隊員。

眾就是顧客呢？

小南總覺得哪裡不對勁。就如棒球隊的定義，並不只是「打棒球」而已，棒球隊的顧客應該也不會侷限於「來看比賽的觀眾」吧。

在《管理》一書，為「誰是顧客？」補充提道：

這不是容易回答的問題，更不是一時之間能夠釐清的。此外，這問題的答案，來自於企業本身如何定義自己。（二四頁）

就像杜拉克所說的，小南至少明白了這不是個「容易回答的問題」。然而，若是困在這裡，就沒辦法繼續了，沒想到小南的管理之路立刻就遇上了瓶頸。

隨著暑假到來，球隊也展開了集訓。美其名是集訓，但並沒有遠赴外地，只是一連五天四夜都住在學校裡，在球場上密集訓練而已。除了正在住院的夕紀外，所有社員都參加了，小南因此才有機會認識全隊的成員。

集訓第一天，小南重新做了自我介紹。不過這次她完全不提「要讓棒球隊打進甲子園」的話，反正說了也只落得被否決的命運。而且，小南打算進一步掌握棒球隊內部的狀況，她決定在集訓期間好好觀察，了解棒球隊的運作。觀察、掌握、了解，這三點對小南接下來的工作非常重要，現在宣布目標還不是時候。

就這樣，小南從第一天開始仔細觀察隊上每一位社員的表情和動作。她很快就發現有人的舉止氣勢，對整個棒球隊造成相當大的影響，他就是淺野慶一郎，二年級生，擔任的是投手。從高一開始球衣背號就是1號[2]，這對投手來說是莫大的光榮。他無疑是程高棒球隊的王牌。

不過，這位慶一郎完全不認真練球，明明是在球場上，卻老是在跟交情比較好的隊員聊天，聊完後就躺在椅子上睡覺、聽音樂。有時甚至找不到人，不知跑去哪裡。偶爾上場練習投球，還是一副吊兒郎當的模樣，沒有半點專注與投入。

問題是，沒有人敢對王牌慶一郎有任何意見。別說是隊員了，連教練也不做任何表示，只是一貫地沉默著。不僅如此，在小南看來，加地教練和慶一郎之間好像

2 日本高中棒球隊球員的球衣為固定號碼，場上先發陣容從一號至九號，依序為：投手、捕手、一壘手、二壘手、三壘手、游擊手、左外野手、中外野手、右外野手。

隔著一條看不見的鴻溝。

有一次，加地對慶一郎開口，不是要他改進或對他發脾氣。加地不過是試著傳達例行的聯絡事項罷了，慶一郎竟然不甩加地，假裝沒聽到，轉身走開。

但慶一郎不可能沒有聽到，小南親眼目睹了整個經過，很明顯地慶一郎就是不理會加地。之後，加地竟也沒有要求慶一郎反省。整個集訓期間，兩個人的接觸只有那次冷漠的瞬間，其他就一直互相回避，這情況始終沒有改善。

於是，小南拉住一年級的經理北條文乃，想確認一下情況。

「喂，我問一下淺野的事情，現在方便嗎？」

文乃一臉吃驚，「咦？喔……是。」

每當小南叫住文乃時，她總是一臉驚慌。小南和文乃接觸了不少次，但文乃好像一直不習慣跟小南對應。

「淺野怎麼都不認真練球呢？」

「唔？」

「我的意思是，教練怎麼允許他這副愛練不練的樣子呢？在我看來，加地教練是在躲避淺野吧？」

「唔，喔，是。」

「那兩個人之間究竟是什麼關係呢？淺野為什麼總是擺出那樣的態度呢？」

「唔，喔，是。」

唔，喔，是——這是文乃的口頭禪。不管問什麼事情，她都這樣回答。為了能讓文乃說出「唔，喔，是」以外的回應，小南默默地盯著文乃，沒想到，文乃只是閉著嘴巴，不發一語。

小南終於忍不住開口，「剛才我是在問妳話……」

「咦？」

「我，剛才在問妳事情，明白嗎？」

「唔，喔，是，真對不起！」

文乃驚慌失措，拚命鞠躬向小南道歉。

下一秒，文乃冷不防地大叫一聲「啊！」，眼神看向小南身後，小南跟著轉過身去，緊接著，文乃突然往反方向跑走。

文乃就這樣落跑了，一轉眼間發生的事情。小南根本來不及叫住她，只是目瞪口呆地看著文乃漸遠的背影。

無可奈何，小南決定向隊長星出純打聽狀況。他也一副有難言之隱的樣子，最後才勉為其難地說出實情。

原來，一切的開端是在今年夏季大會預賽時發生的事情。當時投手慶一郎被加地教練換下場。慶一郎似乎對教練這樣的決定非常不滿。

嚴格來說，慶一郎雖然失了分，但並非他投得不好，而是野手失誤造成的。所以，慶一郎無法接受就這樣被換下去，從那場比賽之後，慶一郎不再認真表現了。這也是為什麼他總是一副吊兒郎當的態度。

6

集訓總是能從小地方看出問題所在，沒想到一下子就遇上這麼棘手的問題。小南原本打算要跟社員好好溝通，並仔細觀察大家的狀況，也進行得很不順利。特別是想跟王牌投手慶一郎和加地教練坐下來談一談，但總是找不到好時機。

慶一郎特立獨行，老是跟少數幾個同伴一起行動，偶爾一個人獨處時，也讓人難以親近。

另一方面，加地雖然不至於讓人無法接近，但總覺得他不太願意跟社員說話。不只對慶一郎如此，加地跟其他社員也保持著一定的距離。明明是個總教練，但舉手投足都顯得相當形式化。也因此小南苦無機會與他說話。

集訓的最後一天，小南發現自己似乎就要一事無成了，心情相當低落。雖然她很少垂頭喪氣，但連續四天毫無進展，要心情不受影響也很難。

但不能因此氣餒。這時小南又讀起了《管理》。一邊讀著，一邊從書裡尋找能讓情況改善的建議。

開始讀《管理》之後，小南心中萌生了堅定信念。

——只要困惑時，就鑽回這本書裡，書中自有答案。

小南雖然這樣想，卻說不出為什麼這本書裡找得到答案，也許這是她的直覺。但小南決定順應這個直覺。對不太擅長思考的她來說，直覺是幫助她走到現在的指引。她決定聽從這個聲音，繼續下去。

即使是集訓的最後一晚，吃完晚餐之後，小南仍獨自在空無一人的餐廳裡讀著《管理》。

耐人尋味的是，讀著《管理》的小南，心情十分平靜。彷彿又重新找回自信般地快活，越讀越有精神。她把這本書當成鼓舞自己的工具，一頁一頁地讀著。

正當小南讀得入迷的時候，突然冒出了一個聲音。

「妳在看什麼？」

嚇了好大一跳的小南，瞪大了眼回頭看著聲音來源。

她原本以為是捕手次郎，所以才會轉頭瞪他。但是，站在她身後的不是次郎，而是二年級的候補球員，二階正義。

小南當然認識正義，且不是在集訓才第一次見面。他有參加暑假前的練球，是少數幾個認真的社員。

而正義最大的「特點」，就是他是隊上球技最「遜」的一個。

正義打棒球有多蹩腳，任誰看了都明白。他連傳接球也無法直傳直投，傳出去的球總是無法直穩地落入對方胸前的手套裡。

正義的實力搞不好還在經理文乃之下。文乃在撿球時偶爾也會傳球給大家，控球比正義穩得多。

不過，就認真程度來說，正義應該是無人匹敵。訓練時他總是第一個到，也是最後一個離開球場的。

像整理球場這種其他社員都不太喜歡的善後工作，正義仍是搶先行動。他之所以最後一個離開球場，就是因為他比誰都認真地整理球場。

在此之前小南沒有想過要跟正義深談。雖然偶爾會閒聊些什麼，但沒想過要跟他討論自己的目標。因為，跟萬年候補球員表明要打進甲子園之類的話，似乎沒什麼意義。

走進餐廳的正義手裡好像拿著什麼，仔細一看才發現是垃圾袋。他應該是想到明天集訓就要結束了，今天趕快善後，先打掃乾淨吧。他就是有這種無論何時何地都很認真的性格。

小南把《管理》的封面亮給他看。

「啊，書嗎？是這本啦。」

「這不是杜拉克嗎？」

「咦？」小南嚇了一跳，「你知道杜拉克喔？」

「知道啊，有關杜拉克的書，我幾乎都看完了喔。」正義一邊說著一邊露出靦腆表情：「我可是杜拉克的忠實粉絲喔。」

小南一副不可思議的神情看著正義。

「什麼，你居然知道杜拉克！」

聽到小南的大驚小怪，正義有些惱火。「我才想問咧！妳為什麼在看《管理》啊？該不會是川島妳也想當創業家吧？」

「創業家是什麼？」

「什麼？妳不知道創業家喔？創業家就是『創辦事業的人』！」

「創辦事業的人？」

「所謂創業家，就是『創辦事業的人』，簡單來說就是大老闆。我問的是川島妳也想開公司嗎？」

「沒啊——」小南嚇了一跳，「二階你剛剛說，川島妳『也』想開公司嗎，難道二階將來想當社長嗎？」

「對啊！」正義這次抬頭挺胸很肯定地回答：「我啊，將來想要創辦事業。進棒球隊也是為了這個夢想。」

「什麼？」小南突然提高了分貝，「你說的是什麼意思？」

於是正義開始談起他為了想當創業家而加入棒球隊的來龍去脈。

他從小學時就立下將來要當創業家的夢想。因此做了很多準備、看了很多相關書籍，其中一項重要的準備，就是在高中時加入棒球隊。

原因是他發現如果有「體育會系」[3]的經歷，在日本社會非常吃香。在日本的實業家當中，擁有「體育會系」背景的人相當多。他們之中的大多數人都是在學生時代的體育社團就建立起人際關係，打好人脈基礎。

此外，參加過體育社團的人，大多會被重用，他們的社團背景就是個精采的頭銜，非常受到重視。最明顯的例子就是企業徵才時，如果學生時代參加過過體育社團的話，就會大大加分。

「所以啊，我才加入棒球隊。」

正義到國中之前完全不碰任何運動。不過，他一開始就考慮清楚，加入體育社團，在鍛鍊身心、培養人脈、磨練人際關係及交際技巧等各方面，都將有很多好處。因此在選擇社團時，當然要參加日本最主流的運動，就是棒球隊。

聽到這番話的小南，除了震驚也心生佩服。為了這種原因加入棒球隊，這可是

---

3 學校社團活動中屬於運動性質的社團，相對的為「文化系」。「體育會系」社團，多重視先來後到的輩分關係，因此，這一類型的社團，可說是日本公司的縮影。

前所未聞的事情。雖然正義球打得差，但一想到他比誰都努力的模樣，便深深地受到感動。

正義率直地說出自己加入棒球社的理由後，帶著靦腆的笑容繼續說著：「這也沒什麼大不了的啦。倒是妳為什麼要讀《管理》啊？如果不是想當創業家的話，應該沒有必要看這方面的書吧？」

「哪裡沒必要了！」小南不服氣地回答。「我打算讀完這本書後再來管理啊。」

「耶？」這次換正義提高了音量。「妳說要管理，是要管理什麼？」

「棒球隊啊，」小南繃著臉說：「你不知道我是什麼嗎？我是棒球隊的『經理』啊。說到經理要做的工作，不就是經營管理嗎？我要管理棒球隊。」

聽到小南理直氣壯的回答，正義瞬間不知如何回應。他看看小南，又看看小南手上《管理》，來來回回不斷地打量著。

「棒球隊的女子經理，想當棒球隊的管理人，讀《管理》來管理棒球隊……」

接著，正義突然叫出聲：「別鬧了啦！」捧腹大笑起來。

7

正義大笑了足足有一分鐘之久。

小南扳起臉瞪著笑不停的正義。看到他終於差不多停下來了才說：「有什麼奇怪的？」

「也沒有啦……」正義還是無法忍住笑意。「女子經理要做經營管理的事，是我聽過最妙的話了呀。」

「我不是在開玩笑喔。」小南咆哮般壓低了音量，「我是認真的。」

「喔，那個——」正義有點慌了，認真地想著怎麼樣的回答比較妥當，「我當然知道，我不是在嘲笑妳啦。就是因為知道妳是認真的，所以我才忍不住笑。」

「為什麼是認真的還要笑呢？」

「因為，這正是有趣的地方啊！」正義眼睛發亮地說：「我沒有想過棒球隊中一向負責行政事務的女子經理會要經營社團。不過妳的說法倒是很有趣，應該是我至今都從沒思考過的。經營管理的確不侷限於企業而已，而且，也不只是大人世界裡的道理。如果可以運用在高中棒球隊這種非營利組織上真的很棒啦！」

這下子，小南搞不懂正義到底想說什麼了。不過她多多少少感覺得到正義不是把她當傻子看，也因此放鬆了繃緊的臉。

「喂，我可以問你一個問題嗎？」這時換小南好奇起來了。

「嗯？」

「你應該也有讀過《管理》吧？」

「當然啊。」正義挺起胸膛、自信滿滿地說：「《管理》是我一開始最先讀的書喔。而且我讀了好幾次。川島妳手上那本『精華版』我也有，最近發行的『完整版』我也買了喔。」

「那我問你一下。」

「唔？」

「棒球隊的『顧客』是誰呢？」

「什麼？」

「我因為想不通這個問題，所以一直很困擾。這本書裡雖然提到『當我們定義企業的目的和使命時，只有一個出發點，就是顧客。顧客決定企業的業務內容』，也就是說顧客是什麼樣的人，就決定棒球隊是什麼樣的組織、該做些什麼事。我雖然看得懂這段文字，但重點的『顧客』到底指的是誰，我怎麼想都想不通啊。」

「嗯。」聽了小南的問題，正義的表情認真了起來。

「書借我一下，」正義拿起小南手裡的《管理》，啪啪啪地翻了起來，找出他要的頁面，「喔，找到了，在這裡。《管理》寫得很清楚。」

一九三〇年代美國經濟大蕭條時期，德國人尼可拉斯・杜瑞史達特（Nicholas Dreystadt）以維修工人起家，一路做到接掌整個凱迪拉克事業。他提及，「我們的競爭對手是鑽石與貂皮大衣。顧客購買的不是交通工具，而是身分地位。」這句話拯救了當時瀕臨破產的凱迪拉克。短短二、三年內，雖然經濟大蕭條時期未見轉機，但是凱迪拉克卻脫胎換骨，展現亮眼成長。（二五頁）

「妳如果參考這段文字，說不定就可以理解『誰是顧客』了喔。」

「什麼意思？」

「就是說，杜拉克在這裡想表達的是，汽車不只是『交通工具』而已。例如凱迪拉克就延伸到『身分地位』。」

「嗯。」

「杜瑞史達特很清楚地界定出了他的『顧客』是什麼樣的人。他認為是『購買鑽石以及貂皮大衣的人』，所以才會下了『身分地位』這個定義。

同樣的，對程高棒球隊來說，只要先弄清楚誰是『顧客』後，馬上就能明白棒球隊是什麼，還有棒球隊該做些什麼事了。」

「所以我才說——」小南露出焦慮的表情，「就是不知道誰是我們的顧客，才覺得很困擾呀。來球場看比賽的觀眾不就是客人嗎？但是這本書裡也寫了，簡單易懂的答案，並不代表就是正確答案啊。」

正義卻一副無所謂的表情。

「不用想得這麼複雜啦。確實，我們並沒有從來球場觀賽的觀眾身上得到金錢。但我們也不是不花一毛錢在打球吧？為了讓我們打球，有人得出錢，沒出錢的人也有出力幫忙，不是嗎？」

聽到正義這麼一說，小南突然第一次意識到還有這些人的存在。

「啊！」

「所以說，把這些出錢出力的人想成棒球隊的顧客就好啦。因為沒有他們，就不會有棒球隊。」

「喔……對！」小南非常興奮地看著正義。「這樣的話，『父母』也可以是棒球隊的顧客，對不對？父母幫我們付學費讓我們上學，參加社團活動。」

「沒錯，」正義說，「還有帶領棒球隊練球的『教練』，包含『學校』也算是顧客吧。」

「這樣算來，出錢給學校的『東京都』也算是顧客囉？」

「對。還有支付稅金給東京都的『東京都民』都是顧客。」

「原來如此！」小南興奮地用力點著頭，「啊，那『高中棒球聯盟』也算是顧客囉？因為是他們負責營運甲子園大會。」

「對啊。還有全國的『高中棒球迷』都可算是顧客。他們雖然沒有直接給予金錢資助，但就是因為他們對高中棒球有興趣，願意到球場觀賽、看報紙上的報導及電視轉播，才讓贊助廠商願意出錢贊助，讓甲子園大會可以營運。」

「嗯嗯嗯，原來如此……這樣一想，有參與到高中棒球的所有人，都可以算是我們的顧客了。」

這時小南的腦子裡隱約浮現出答案。

就是這個預感。小南覺得越來越接近謎底了，這是每次小南都會有的直覺，這個直覺讓她有種答案就在眼前的感覺。

不過心裡有的只是個模糊的影子，答案到底是什麼，卻仍看不清楚。

小南因此越想越心煩意亂。這感覺就像是想不起人名的時候，好像話到了嘴邊卻又說不出來的感覺。

——唉喲，就差一點點了！

就在小南這麼想的同時，正義說：「還有，絕對不能漏掉的，那就是我們的『棒球社員』也是顧客之一喔。」

「咦？」小南驚訝地看著正義。「怎麼說？」

「當然算是啊，」正義理所當然地說：「沒有我們棒球社員的話，就不會有棒球隊。而且如果沒有高校球兒，也不會有精采的甲子園大會。所以，我們身為棒球隊一員的同時，也是棒球隊最大的顧客喔。」

就在這一瞬間，小南腦海中的模糊影像猶如撥雲見霧般，突然明朗起來。先前一直卡住、說不出來的答案，瞬間清楚明白。小南尋尋覓覓的棒球隊定義，一下子具體地出現了。

「是感動！」

小南大叫了起來。正義一臉驚嚇地看著小南。

「咦？什……什麼？」

小南充滿自信地對正義說，

「對啊！是『感動』！顧客希望從棒球隊得到的就是『感動』啊！我們的父母、老師、學校、東京都、高中棒球聯盟、全國高中棒球迷，還有我們棒球社員都是，大家在棒球隊尋求的就是『感動』！」

「喔……原來如此——」正義一邊思考一邊說：「這個解釋還滿有趣的。的確有這樣的看法。『高中棒球』與『感動』是密不可分的。一提到高中棒球史，說是感動的歷史也不為過。高中棒球的文化，一直以來創造出許多感動與淚水。正因為這樣，才能流傳許久，在大家心裡生根吧。」

「沒錯！這就說得通了！」小南興奮地激動點頭，「我想到了。我身邊就有一個想在棒球隊找到感動的顧客！原來如此，她就是顧客。原來她在找尋的東西，就是棒球隊的定義啊。所以，棒球隊應該要做的事，就是『帶給顧客感動』，對吧？

棒球隊的定義就是：『為了帶給顧客感動而存在的組織』！」

8

就這樣，棒球隊的定義定案了。下一項課題「目標」的答案也呼之欲出，那就是「打進甲子園」。

這原本是小南個人的目標。但因為棒球隊已經有了明確定義，現在反倒成了隊上的目標。

因為，「打進甲子園」就是立志成為「帶來感動的棒球隊」最貼切的目標。如果真的能打進甲子園的話，一定能帶給更多人感動吧！

這個目標能夠重新受到正視，讓小南在高興之餘更增加了自信。原本是不假思索所決定的目標，但因有了「棒球隊的定義」加持，彷彿證明了自己一開始的念頭是正確的。

立下定義和設定目標之後，小南下一步要面對的，就是行銷。《管理》提到：

企業的目的，在於創造顧客。因此，企業有兩項，也是僅有的兩項基本功能。那就是行銷（marketing）和創新（innovation）。只有行銷和創新才能創造成果。（一六頁）

《管理》還提到：

以往的行銷，指的是執行與買賣相關的實務功能。但那只不過是推銷而已。只是從我們的產品出發，開發我們的市場。真正的行銷是從顧客的角度出發，也就是從現實情況、需求、價值認定出發。並非「我們想要賣什麼」，而是要問「顧客想要買什麼」。不是「這是我們能提供的產品和服務」，應該說「這些是顧客覺得有價值、有必要，想追求的滿足」。（一七頁）

讀完了這一節，小南察覺到「原來自己已經在做行銷了」。

例如，跟夕紀的對話就是行銷。小南問她「為什麼會想當經理呢」，得到了「想要重溫曾有過的感動」的回答，這就是行銷。

小南當下已經「從現實情況、需求、價值認定出發」，理解了夕紀這個「顧客」的想法。因此，才能引導出「帶給顧客感動的組織」這樣的定義。

另外，在暑假集訓時觀察棒球隊也是一種行銷。

集訓時，小南從棒球隊的現況觀察起，而不是一味地說出自己的想法：「帶領棒球隊打進甲子園」。這正是「從顧客的角度出發」，而不是「從我們的產品出發」的體現。調查社員（也就是所謂的顧客）的需要，找出「有價值、有必要，想追求的」項目，再納入管理工作中。雖然當下還沒意識到社員就是顧客，但小南確實已經接觸了行銷。

只是現在還未能清楚地展現出成果。小南思考著暑訓時還有哪些行銷工作未完成。

例如，一年級的經理北條文乃，還沒對小南卸下心防。因此，還沒法從她口中問出隻字片語。

而隊長星出純，小南雖然一直努力與他溝通，但總覺得有一道看不見的牆擋在眼前。當時小純雖然有問必答，但總覺得似乎不是很甘願。究竟原因為何，小南現在還不是很清楚。

與總教練加地誠或王牌淺野慶一郎的距離感更是遠遠超過小南的想像，幾乎連話都很難講上幾句。

唯一對話順利的是二階正義。小南從閒談之中，得知他「將來想當創業家」的願望，以及為了「鍛鍊身心、培養人脈才進入棒球隊」的自我設定。

這就是行銷，這就是成果。雖然只是一小步，但無疑地確實向前邁進了。

小南想要藉由這樣一小步一小步的累積，今後也持續地做下去。就在此時，集訓結束了，小南去醫院探望夕紀，告訴夕紀集訓時發生的事情，同時與夕紀商量今後行銷的做法。

如何才能夠更了解大家的現實情況、需求或價值觀呢？要怎樣才能問出這些關鍵？或是該怎麼做，才能突破他們的心防呢——小南認為夕紀也許有更不一樣的想法。

沒想到夕紀聽了小南的話後，一臉不解地說：「小南，我覺得沒有那麼難耶。」

「可是——」小南反駁，「妳看文乃，連到現在不管我問她什麼，都只會回答『唔，喔，是』。再逼問下去，恐怕又要溜走了。」

夕紀聽了，不禁笑了出來。

「一定是她太緊張了啦！她還挺怕生的。可是她一旦跟妳熟了以後，就會變得很開朗，挺有話聊喔！」

「夕紀，妳和文乃很要好嗎？」小南有點吃驚地問。

「雖然談不上很要好，但一直以來都有在聊天。」

「這樣啊……那，文乃到底是個怎樣的人呢？」

「這個嘛，首先她其實是個資優生。」

「是喔?!」

「對啊！她呢，從入學考試以來，成績就一直是全年級的第一名喔！」

「哇！好厲害喔！」

「嗯，所以大家都說她一定會考上東大。」

「這些……我完全不知道。」

「而且，她不是只是書呆子而已，其實頭腦超好的呢！社員的名字，只要聽一次就全部記下來了，教過的事情、誰講了什麼話，什麼都能記得。我一直都很佩服，我們的頭腦構造應該完全不一樣吧！」

「唔，可是為什麼這樣的人會來棒球隊當經理呢？」

「呃，這個我倒沒問過耶。問了好像不太禮貌吧……這樣說來，的確還是有點隔閡。」

「對吧！連夕紀也這樣覺得……那，其他還有什麼嗎？」

「嗯，雖然文乃的頭腦很好，但另一方面她個性很固執。」

「啊，我好像懂。」

「之前呢，我有一次還被她兇過。」

「妳被兇？」

「唔，該說是被兇呢，還是說惹怒她了……。那是在她剛進學校後不久的事，因為她頭腦實在很好，我覺得很佩服，所以就說了『資優生的頭腦果然不一樣呢』。我完全沒有挖苦她的意思，而是真的衷心欽佩，讚美她。」

「嗯，我懂。」

「可是那時，她突然很大聲地回我：『我才不是什麼資優生呢！』」

「文乃嗎？」

「對！我也嚇了一跳。而且聲音大到整個球場都聽得到，結果大家都轉過頭來看。」

「唉！」

「而她應該也發現了。不知道是不是覺得很丟臉，突然就滿臉漲紅，直接跑掉了。」

「啊，這招我也遇過。」

「所以，我想她是真的非常討厭『資優生』這個稱號，之後我也反省了一番……」

「原來有這件事啊。」

小南又問起加地教練的狀況，夕紀回答道：

「教練呢，其實很害怕。」

「害怕？怕什麼？」

「這個嘛……怕社員。」

「社員？為什麼？」

「嗯……」

夕紀之前曾聽加地教練說過，導致他刻意與社員保持距離的那件事。

加地誠在二十幾歲還很年輕時，曾是社會科的專任老師。聽說他是程高的畢業生，也是棒球隊的老學長。

「啊？是喔？我都沒聽說。」

「嗯，而且老師還是東大畢業的喔！」

「哇！」

從程高畢業後的加地教練，重考一年後進入了東京大學。在大學裡也加入棒球隊，但之後因為某種原因回到母校當老師。

「為什麼？」

「雖然沒有說得很清楚，但好像是有個夢想吧！」

「什麼夢想？」

「嗯。加地老師的夢想，好像是擔任高中棒球隊的教練，帶領球隊打進甲子園的樣子。」

「耶？」小南非常驚訝。「既然這樣，為什麼一副愛教不教的，不認真指導隊員呢？」

「這個呢，似乎跟剛來程高就任時發生的事情有關……」

來到程高就任的加地，剛開始並不是棒球隊的總教練，而是助理教練。那時的總教練另有其人。

然而，沒多久那位教練就被開除了。因為練習時對社員使用暴力，而被社員父母告上法院。

「剛好那時候時機很不對。妳看體罰，好像因為社會觀感而漸漸少了。沒想到那位教練卻體罰了學生，社員的父母提出告訴，但校方並沒有人敢站出來講話。」

「然後呢？」

「那位老師為了擔起責任，不能再留在球隊，連學校教職也被迫辭去，加地就升為繼任的總教練了。」

夕紀嘆了一口氣後，繼續說下去。

「這件事情，對加地教練似乎是很大的打擊。因為那位老師是加地教練崇拜、尊敬的人物。對方被迫辭職已經是很重的打擊了，沒想到自己成了接班人，又讓他更加錯愕。」

「為什麼？」

「好像讓他覺得是自己把那位老師趕出去似的。可以想見加地教練是在尷尬的時間點，當上夢寐以求的總教練。」

「嗯……那的確是個打擊沒錯，但是，他顯然身為總教練，為什麼不認真地指導球員呢？」

「因為，擔心與球員接觸。」

「有什麼好擔心的？」

「如果認真指導的話，說不定自己哪一天也會被開除。」

「啊？」小南一臉吃驚。「那算什麼？真搞不懂。」

夕紀帶著有點悲傷的表情說：

「所以情況就是一團混亂嘛！分不清到底要用什麼方式指導大家才好了。」

「哪有那麼複雜，不要再使用暴力就好了嘛！」小南一臉不耐煩。

突然表情一變，面露欽佩地對夕紀說：

「不過夕紀好厲害。連這樣的教練，都會對夕紀敞開心胸，說出這些事。」

「是不是有敞開心胸我不知道，但願意跟我說話就是了。」

「當然有了！我看得出來。夕紀擁有這種特質，感覺很容易聊得開，也很會問話。跟夕紀聊天時，再煩心的事情都能獲得解決，就像我現在一樣。我今天跟妳談過之後，感覺好像找到解決方法了。謝謝夕紀跟我聊了這麼多，讓我的心情舒暢許多，也大致上都了解了——」

話沒說完，小南突然靈機一動。

「對了！」小南說道：「拜託夕紀不就成了？」

「咦？」夕紀吃驚地看著小南。「拜託？什麼事？」

「行銷啊！」小南興奮地說。「我問話總是踢到鐵板，換夕紀來問的話就好了啊！沒錯。讓每個社員都來醫院探病就成了。夕紀可以跟他們聊，將他們的現實情況、需求、價值觀引導出來。我就在旁邊靜靜地做筆記。如果在旁邊不方便的話，也可以躲在那邊的櫃子裡。這樣行銷就沒問題了。對，搞不好可以從那個淺野口中問出個什麼來呢！」

◉第三話

探病面談

9

離開醫院之後，小南努力促成夕紀進行行銷的任務。當務之急，要先取得夕紀的母親宮田靖代的同意。

雖說只是說說話而已，但對住院中的夕紀來說，這樣的負擔不小。總之，要與超過二十名社員一對一談話已經夠累人，聊天的內容還不是隨便講講就算了，必須把他們的現實情況、需求、價值觀引導出來。想也知道這絕對不是件輕鬆的工作。

即便如此，靖代還是爽快地答應了。

靖代非常信任小南，對於小南想做的事情，從未有過反對意見。從她小時候就視如己出，出去玩時總是熱心接送，親切對待。

靖代的信任，在小南當上了棒球隊經理以後仍然不變。甚至比以前更加親切，這次對於小南提出的要求，二話不說，滿心歡喜地答應了。

緊接著，也取得了加地教練的同意。

小南只是對加地說明了，自己想設置一個可以傾聽社員煩惱及希望的資訊收集站後，加地就立刻答應了。

加地應該清楚，自己與社員之間的鴻溝是個大問題。只是目前無力解決，如果唯一能讓社員敞開心胸的經理夕紀，可以擔任中間的橋樑，或許就可以拉近與社員間的距離。

另外，社員「探病」這一天，可以不用練球但要請假。雖然原本大家就無故缺席、不來練球，但小南希望能盡早停止這個惡習，確實掌握出席狀況。因此才想出這個作法讓大家照規矩來，若不練球就得先請假。

下一步，就是拜託大家一個個來探病了。原本以為有人可能會拒絕，但出乎意料地，竟然全部都爽快答應了。其中包括了慶一郎。

雖然這是個蹺掉練球的好機會——可能這才是真正的原因。但最大的關鍵，還是在於夕紀的人格特質。

大家都很擔心夕紀的病情。本來早就想去探病，但男社員似乎對於去探視女社員的病，覺得有些尷尬與不便。這時小南的邀約，剛好促成了這件事，一舉兩得。

最後，小南和夕紀進行縝密的沙盤演練。

「要怎麼問話、用什麼形式，完全交給夕紀！」小南說。兩人事先討論過想問每一名社員的問題、想要引導出的內容等，而實際的狀況掌握就全權交給夕紀，小南特別明確地表達出希望夕紀扮演的角色。

如此一來，棒球隊的行銷隨時可以進行了。小南調整了社員的進度行程，將他們一個個約到病房裡，面談時間預設為一個小時左右，由夕紀找出他們追求的目標、希望與期待。

兩人將這過程稱為「探病面談」。首先從一年級的經理北條文乃開始。

小南認為，管理棒球隊時，與同樣身為經理的文乃密切合作，是不可或缺的重要關鍵。當然，與每一名社員的合作都是勢在必行，但要並肩作戰的她所扮演的角色，格外重要。

集訓結束十天後，剛好是夏季甲子園大會開賽那一天，展開了第一次的探病面談。首先，夕紀對被小南帶到病房來的文乃，開門見山地說：

「文乃，今天是因為有話想問妳，才請妳過來的。」

「咦?喔，是。」

面對夕紀這麼嚴肅的說話方式，文乃有點緊張地挺直了腰桿。

「接下來呢，要開始行銷了。」

「你是說——行銷嗎？」

「對。小南和我想了解棒球隊的每一個人，『對棒球隊的期待是什麼』。」

「咦？」

「我會聽取你們的答案，當成今後管理棒球隊時的參考，所以大家的意見可是非常重要。小南對於你們在想什麼、想要做什麼非常地重視。我們會以這些為依據，決定要如何管理棒球隊。」

「唔，喔，是。」

「因此也希望能得到文乃的配合。」

「咦？我嗎？」

「對啊！」夕紀溫柔地微笑著說。「因為文乃也是經理的一份子啊！」

「唔，喔，是。」

「那麼一開始，我想先問問文乃：文乃對棒球隊的期待是什麼呢？」

「唔，喔，是……期待——嗎？」

「是啊！對棒球隊的期待、希望棒球隊做的事情，或是自己想要做的事情都可以。文乃對棒球隊有什麼期待呢？」

「唔，喔，是。」

於是，文乃陷入沉思。稍皺了一下眉頭，嘟起嘴巴，彷彿在專心想什麼似的。

就這樣過了好一段時間後，文乃終於開口，如此答道：

「沒有，我沒什麼特別想說的……」

在一旁聽取兩人對話的小南，頓時覺得好洩氣。

小南盡量坐在病房角落不顯眼的地方，靜靜地聽兩人交談。但聽到文乃的回答後，卻難掩臉上的失望之情。

——唉，果然，就算是夕紀，也無法讓文乃說出真心話啊！

「嗯，那麼我們換個方式說喔——」但夕紀卻表情不變地再次問道：「文乃是為了什麼加入棒球隊的呢？」

「咦？」

「當初加入棒球隊的原因是什麼呢？」

「這個嘛……」

於是，文乃的表情稍微有了轉變。眼光左右飄移，臉上露出困惑的表情。一邊偷瞄著夕紀的臉，嘴巴時開時閉。

幸好，連遲鈍的小南也立刻明白這意味著什麼。

——文乃想要說些什麼吧，但又猶豫著不知該不該說。

如果再稍等一會兒，搞不好就會有答案了，正當小南這麼想時。突然間，夕紀開口了。

「啊！我知道了！」

小南驚訝地看著夕紀。

——咦？為什麼？唉，再等一下她可能就會透露些什麼了！

可是夕紀卻無視於小南，反倒是直視著文乃的眼睛說：

「果然是為了推甄申請書吧？」

「咦？」

「因為，文乃是資優生啊！考試的成績總是第一名。為了能順利通過推甄，最好還是參加社團，想必是基於這層考慮才加入棒球隊的吧？」

小南眼睛睜大了眼盯著夕紀。

——資優生？在講什麼啊？那不是文乃最忌諱的詞嗎？

可是夕紀竟然繼續講下去。

「資優生果然很辛苦耶！如果不這麼做的話，就無法保持漂亮的成績評比，必須要面面俱到呢！果然資優生想的，跟我所想的——」

「我才不是什麼資優生！」

一如預期，文乃大聲喊道，連病房外都可以聽得到。小南一想到要是護士或被請到病房外的靖代聽到了，恐怕會很擔心地衝進來，不禁打了陣寒顫。

然而，這樣的想法，在看到文乃的表情後，瞬間消失得無影無蹤。斗大的淚珠在她眼眶裡打轉，睜著濕潤的泛紅雙眼，文乃直楞楞地盯著夕紀。

「我並不是什麼資優生，我最討厭人家這樣叫我！」

「咦？」夕紀表情不變地，正眼看著文乃的臉回應。「這是什麼意思呢？」

「我真的、真的不是資優生，我不是機器人，我也是人。有血有淚，也想跟大家變成好朋友啊！」

「機器人？」夕紀立刻問道。

「國中的時候人家都這樣取笑我。」文乃答道。「他們說那傢伙面無表情，只有成績好，根本不是人。還說那傢伙應該是沒血沒淚的人型機器人。儘管成績好，但沒辦法跟別人交朋友吧！國中時被講得很慘，大家都不停、不停嘲笑我。」

「然後呢──」夕紀說，「那為什麼還要加入棒球隊呢？」

「那是因為……」文乃露出猶豫的表情，但又立刻說，「我也很想跟大家變成好朋友啊！想跟大家很融洽地相處。我真的很想跟大家交心，幫大家的忙啊！」

文乃終於忍不住流下淚來。

「我，一直很喜歡夕紀學姊！」

「啊！」這次換夕紀睜大了眼睛看著文乃，小南也一樣驚訝地張大了眼睛。

文乃繼續流著眼淚。

「我、我……一直很崇拜夕紀學姊。我想像夕紀學姊一樣，想幫大家的忙……我想要跟大家打成一片。我、我……真的不是資優生，可是、可是卻被夕紀學姊說成這樣，我……我……」

就在這個時候，突然從床上下來的夕紀，快速地走向文乃。不只文乃，就連小南都嚇了一跳。

夕紀握住了文乃的手說道：

「對不起，我不該亂講這些話，好像傷到你了。對不起，講了這些蠢話。下次……下次一定不會再提了，可以原諒我嗎？」

這時，夕紀的眼睛也泛滿了淚光，直直地凝視著文乃。對夕紀這樣的舉動，文乃也只怔怔地回望。然後，「哇」地一聲哭了出來，撲向夕紀的懷抱。

夕紀緊緊抱住文乃，溫柔地輕撫著她的頭髮。然後往小南的方向看去，說著「對不起」的唇語，略帶歉意的表情。

然而小南卻滿心佩服，靜靜地看著哭成一團的兩人。

10

這完全是預料之外的狀況。沒想到文乃能坦誠說出真心話之外，夕紀的問話方式更是前所未有。

夕紀今天的表現，連已經認識十年以上的小南，都是第一次看到她這不為人知的另一面。

文乃回去之後，留在病房裡的小南和夕紀，討論著剛才的探病面談。

結果，夕紀頻頻反省自己的做法。

「我也被自己嚇了一跳。」她說：「我本來沒有打算要講那麼重的話……」

夕紀完全無意提到明知會戳到文乃痛處的「資優生」這件事，但是就是脫口而出了。

「我太求好心切了。因為受人之託，所以總想著要如何達成任務。一心只想引導出文乃的真心話。等到察覺時已經說出那種話、提了那個問題，來不及了。」夕紀解釋道。

「妳不必自責喔！」小南說道：「我雖然也有些嚇到，可是從結果看來，一方面能夠獲得文乃的理解，另一方面能讓她說出真心話，我覺得很好啊！為了文乃，這是一件好事。或許這件事會成為轉機，讓她勇於在與人相處時再多付出一點真心。」

「如果能這樣的話當然很好……」

夕紀這一天直到最後還是不停地檢討著自己。

不過，一如小南所期待的，從這天起，文乃的態度一點一點地改變。小南每次問她話時，文乃也不再是「唔，喔，是」了。她變得能以球隊成員的身分，清楚地回答問題。

暑假期間，就這樣從文乃開始，小南和夕紀與社員一個接著一個進行探病面談，並有了顯著的成果。兩人藉此將以往想像不到、社員不為人知的那一面，陸續發掘出來。

例如隊長星出純，他們讓小純真切地說出自己加入棒球隊的理由。

「我是為了掌握我的實力到底到哪裡，才加入棒球隊的。」

小純在棒球隊中的表現非常亮眼。他的實力高超，比起甲子園名校的先發球員也毫不遜色。

實際上，國中時有很多名門私立學校來挖角。但他全都拒絕，正常地參加考試，進入程久保高校。

背後的原因，他這麼說明：

「就這樣繼續打棒球，當上職棒選手的話，就無法看清現實了。」

小純用了好幾次「現實」這個詞。

——反正不管怎樣，自己都不像是當得上職棒選手的人才。與其靠棒球升學，侷限了未來的路，不如正常地念書升學比較實際。

但進入程高後，又後悔不該這樣放下了棒球。

──如果當初選擇私校的話，我的球技可以達到什麼程度呢？

這樣的疑問，在他心中翻騰湧現。

小純似乎是為了解決這個疑問而參加棒球隊的。進入球隊後，不斷提升實力，探究自己到底能磨練出什麼樣水準的本事。

為此，小純比任何人都更拚命地練習。也因為這樣他入社之後很快就當上先發選手，立刻成為大家都認同的重要球員，最後還獲選為隊長。

但小純直言，這過程也對他帶來困擾。

「我原本是為了探究自己的實力而打棒球的，卻當上不得不照顧大家的隊長，老實說是個負擔。」

再這樣下去恐怕兩者都無法兼顧。如果可以的話，希望可以辭去隊長──小純娓娓道出這席話，對小南和夕紀來說，正是他不為人知的一面。個性認真、誠實的小純，竟然一點也不想當隊長，真令人意外。

不過，小南倒是能接受這個想法。小純一直以來冷淡的態度，若是因為這個原因的話，就不難理解了。

另外，擔任外野手的二年級生朽木文明，他的話也讓小南和夕紀嚇了一跳。

文明說他對於自己擔任先發球員備感壓力。他的打擊成績並不出色，是選手中最差的。

除了打擊不亮眼外，文明連守備也不是那麼擅長。如果硬要說他為什麼夠格當上先發的話，可能只因為他跑得很快吧！

文明是隊上的飛毛腿。那可不是半調子的速度而已，在學校的體能測驗裡，是勝過田徑隊員躍居第一的佼佼者。

靠著這項優勢，升上二年級後，文明幾乎無庸置疑地擔任起先發球員了。他也曾在賽事中，發揮腳程快的特點盜壘成功，為球隊立下不少功勞。

但是，他的打擊實力不強，讓他很少有機會上壘，因而也就少有亮眼表現。這件事讓他自卑，最近甚至變成了他的煩惱。

「我想還是退出棒球隊好了。」來探病面談時，文明這麼說道：「一定有人比我更有資格上場先發。我真的除了跑得快以外，一無是處，還不如退出棒球隊，加入田徑隊好了。反正其實我也是被找來的。這樣的話，我也樂得輕鬆吧！」

小南和夕紀完全沒有想到，會有因為成為先發陣容而苦惱的社員，因而感到非常驚訝。

後來，兩人又聽到一年級的櫻井祐之助出人意表的一面——他因為無法喜歡棒球而覺得很困擾。

祐之助身為棒球世家的三男，從小就理所當然般地一直在打棒球。逐漸培養出實力，從小學開始就一直擔任先發球員。

特別是對棒球的敏銳度很高，在社員中也是數一數二的人物。這樣的狀況在進入程高之後仍未改變，在夏季大賽中，雖是一年級生，就已經擔任6號游擊手，先發上場。

但是，直到最近才發現「原來自己從來不覺得棒球有趣」。

一直以來都覺得打棒球是理所當然的，從來沒有深入地面對內心真正的想法。可是那場夏季大會預賽的失誤，卻讓他開始思考打棒球的可行性。

實際上，讓投手慶一郎被換下場，釀成導火線的是祐之助。這是他打棒球以來，首次嚐到最大的挫敗。因為那次失誤，比賽不但輸了，甚至還演變成棒球隊內的不睦。

於是祐之助第一次開始認真思考「自己為什麼要打棒球？」卻連一個理由都想不出來。疑惑盤踞在心裡，社團活動也變得不再有趣。這就是他現在最大的煩惱。

但為什麼不退出呢？似乎又沒下定決心。過去一直以來都在打棒球，儼然已經成為自己唯一的長處。如果放棄了這唯一的長處，又彷彿什麼都失去了而惶惶不安。

像這樣，社員都有著或大或小不為人知的心情。透過小南和夕紀的探病面談，一個個被抽絲剝繭地挖掘出來了。

11

探病面談中，最後一個來到病房的社員，是王牌球員淺野慶一郎。

小南將慶一郎安排在最後一位，因為預計與他的面談應該是最困難的。

造成棒球隊不睦的元凶就是慶一郎。他那鬧彆扭的態度，為全隊帶來負面的影響。

要讓這樣的人說出真心話，想必是一項艱難的任務，因此想先從其他社員身上累積一些經驗再找他來談。

沒想到，跟預期相反，與慶一郎的面談竟然非常順利。進入病房的他，活潑開朗、敞開心胸、毫無隱瞞地說了很多真心話。不只這樣，時而穿插笑話，讓小南和夕紀笑得樂不可支。

整個談話過程輕鬆自在，反而讓小南悵然若失，發現自己以往都只從表面看人。不只對慶一郎是這樣，與其他人深談之後，每個人都流露出自己從未見過的一面。

探病面談時社員們幾乎都大方地坦白說出心底話。較難引導的只有文乃而已，接下來的社員幾乎都主動表達想法。

其中，夕紀高明的問話幫了很大的忙，當然跟社員本身想讓別人多了解自己的態度也有關係。慶一郎正是如此，小南在探病面談之前，認為他是個偏執、難以相處的人。但經過交談之後，這樣的印象徹底改觀。只要問他，他是個什麼都願意說，非常容易親近的人。

就算遇到敏感的話題，慶一郎也直言不諱。一談到教練，他的臉色瞬間一沉。

「在那傢伙的帶領之下，根本沒辦法打棒球嘛！」

慶一郎，就像隊長星出純說的，對夏季大會被換下來的事，依舊耿耿於懷。早在這之前，他對教練已經有不少微詞了，那場比賽成了致命的導火線。

「那傢伙根本不是當教練的料。」

慶一郎不吐不快。

「那傢伙一點都不懂球員的心情。投手的心情到底是什麼，他完全不知道。我對失誤的祐之助，半點責備的意思都沒有。只想穩住陣腳，重新點燃鬥志。可是人算不如天算，我投球時多使了一點力，球沒投好，竟反被敲了一記。那時候我只認為自己害到了祐之助，覺得很不好意思。正準備扳回一城，聚精會神地登板想好好投球時，卻突然被換了下來！你們能了解我當時的心情嗎？」

慶一郎在接下來的時間裡，不斷發洩對教練的不滿。最後幾乎變成都在聽他抱怨。

慶一郎離開之後，留在病房裡的小南和夕紀，針對剛才的面談開了檢討會。夕紀首先提出想法。

「淺野感覺還像是個孩子。」夕紀說：「這不是不好的意思喔，我覺得他還像個孩子一樣天真、直率，所以才會想到什麼就直接地表達出來。如果是開心的話題，就會變得很開朗；討厭的話題，就會變得令人厭惡。但他只是將他的不滿、那樣的心情直接表現出來而已。」

「的確呢，」小南點點頭。「我也贊同。」

「所以，他有情緒的時候，是不會注意到旁人的感受的。我知道他其實沒有要帶給別人困擾或故意鬧脾氣，他真的只是單純地不滿，又毫不掩飾地表達出自己的意見而已。」

「嗯，原來如此，確實是這樣沒錯。」

小南一直都很佩服夕紀精要的分析，因而也很直爽地說出心裡的想法。一有疑問，就立刻提出；任何的意見，也都不隱瞞。

這麼做是有理由的。那是因為參考了《管理》中的一節。

管理，就是透過有生產力的工作，讓工作者展現成果。（五七頁）

「讓工作者展現成果」是管理的重要一環。為此，小南一直在思考「如何能讓社員展現成果」。

首先要先讓身邊最親近的宮田夕紀展現成果。

工作的重心應該放在職務上。職務必須要能帶來成就感。職務並非全部，但卻是首要考量。（七三頁）

這是指工作者的職務必須要使人有成就感，至於要如何做到，書裡又是這麼寫的：

為使工作者有成就感，必須要讓他承擔工作職務的責任。所以，一、有生產力的工作，二、回饋資訊，三、持續學習，是不可或缺的。（七四頁）

小南就是參考了這段話，安排好夕紀的職務。

首先，讓她的工作具有生產力，因而將管理中最重要的一環：「行銷」交給了夕紀。

接下來，是給予回饋的資訊。面談結束後召開檢討會，將自己的意見或感覺直接表達出來。另外，也聽取社員的感想，一一拿出來討論。

最後，她希望夕紀本身也得持續學習。讓她一起讀《管理》是當然之舉，同時互相討論如何才能引導出社員更多的真心話，並讓她讀其他的書。另外，也在徵得父母及醫院的同意後，讓夕紀廣泛地接觸各種資訊。

就這樣，小南激發了夕紀在工作職務上的責任感。

效果非常顯著。例如，夕紀在與文乃面談時，用了連她自己都嚇一跳的問法，這就是責任感使然。面談結束後的檢討會，她也透露出「畢竟受人之託，所以總想要達成任務」的心聲，責任感引導夕紀展現了新的一面。

最後，在讓夕紀展現成果的同時，「探病面談」非常成功。藉此，加深了小南對管理工作的自信，也對《管理》這本書，越來越信任了。

12

慶一郎的探病面談結束後，開學已迫在眼前。於是小南想將管理再推進到下一個階段。

接著進行的是「管理的組織化」。以往都是一個人在進行的管理工作，希望能由多人的團隊來做。特別是，小南在思考能否將加地教練也加入這項計畫。

說加地是棒球隊中最重要的人物並不為過。對棒球隊而言，他是核心員工，同時也是重要的顧客，又是帶領球隊的管理者（總教練）。

若缺乏了這樣的加地幫忙，不只不用想在甲子園出賽，連管理工作也無法順利進行。

於是小南盤算著要如何建立與加地的合作關係。這時，靈光乍現般地，《管理》中的一段話浮現在腦海中。書中對與加地極為類似的角色，如此說明道：

> 專家需要一位經理人。將自己的知識及能力與整體的成果連結，是專家面臨的最大的困難，同時溝通也是一大問題。自己的產出（output）如果無法讓他人投入（input），就無法展現成果。專家的產出指的是知識或資訊，運用這些產出的人，都必須清楚理解專家所講的話、所做的事。
>
> 但專家常常使用太多專業術語，不用專業術語就無法講話。所以要讓大家理解他們的專業，專家的工作才有成效可言，他們也才能提供顧客和組織內的同事，所有必需的知識與資訊。
>
> 讓專家了解這些關鍵，是經理人的工作。將組織的目標翻譯成專家的用語，再

將專家的知識翻譯成顧客的語言，也是經理人的工作。（一二五頁）

第一次讀到這一節時，小南對於文中提到的「專家」竟與加地如此神似，感到十分驚訝。因為實在太像了，甚至會懷疑「這不就是在說加地嗎？」

正如這段文字所述，加地真正的問題就是「溝通」。加地上東大之前一直都在打棒球，對棒球相關知識的熟悉度無人能出其右。小南之前問過他很多次關於棒球的問題，每次得到的答覆總是蘊含豐富知識及密集資訊。

但其實大多時候小南是無法理解的。因為加地總是使用很多專業術語，甚至將兩種專業術語混在一起用。一個是棒球的專業術語，另一個則是很會讀書的菁英愛用的詞語。所以就變得更難理解了。

因此，加地的產出完全無法讓組織投入，無法展現成果。加地絲毫沒辦法將專業能力貢獻給他的顧客，也就是社員。

不只這樣，他也無法掌握社員的需求——也就是顧客的需求。因此，才會發生夏季大會上慶一郎的事件。

《管理》接著提到：

換言之，專家將自己的產出與其他人的工作整合時，需要仰賴的角色就是經理人。要讓專家發揮效用，經理人的協助是必要的。經理人並非專家的上司，而是工具、指南、行銷代理人。

相反地，專家可以是經理人的上司，也應該是他的上司。他必須扮演老師與教育者的角色。（一二五頁）

讀到此，小南更加吃驚了。

——加地不就是我的「老師兼教育者」嗎？

於是，小南更確信自己對成為加地的「翻譯」——也就是將組織目標轉換成專家的用語，成為專家的「工具、指南、行銷代理人」一事，責無旁貸。

暑假的尾聲，小南想與夕紀一起報告探病面談為由，請加地到醫院來。

小南打算藉此將社員說過的煩惱及希望表達出來，尤其想澄清慶一郎的事。把在夏季大會上被撤換的他，當初抱著什麼樣的心情，以及現在的想法——全都告訴加地教練。

隔天八月三十一日，第二學期開學，小南陪著加地來到了夕紀的病房。

這天，首先由夕紀報告探病面談的狀況。夕紀詳盡地報告從社員那裡聽取來的內容，包括他們的現實情況、需求、價值觀等。

接著換小南針對慶一郎的事情報告。小南說出夏季大會中，慶一郎的心情轉折、被撤換的感受，以及他對棒球隊和教練的想法——當然並非原字原句地轉述，而是委婉地修飾後——盡可能直接地、真實地、毫無隱瞞地傳達出來。

「淺野有這樣的想法，我之前竟然完全不知道！」結果，加地瞪大眼睛，露出驚訝表情。「我甚至還想說那傢伙因為櫻井的失誤，心情大受影響，而希望被換下去呢！我是為了他才做出換人的指令的啊！」

小南暗暗吃驚。

「唔，可是從那之後，淺野就一直忿忿不平，所以也不認真練球不是嗎？」

「咦，是嗎？那傢伙從以前不就是這副樣子？不管怎麼看，我都不覺得他有忿忿不平啊！」

這下小南完全楞住了。即使再怎麼跟隊員保持距離，這樣也未免太遲鈍了。小南已經覺得自己神經很粗了，沒想到加地教練比她還誇張。

不過還是該早一點解決問題。如果是因為沒察覺到慶一郎的心情，才造成目前的僵局，事情就好辦了。

於是，小南提出了建議。

「教練，可以請您跟淺野談一談嗎？希望教練將剛才講的事告訴淺野。這樣一來，可以化解淺野的誤會，他也會變得樂意參與練球吧！」

可是加地稍微想了一下後，字斟句酌般，慢條斯理地回答道：

「不。嗯……該怎麼說呢？你們想講的事情我都明白。的確在這之中有些誤會。我自己也有不周全、不足之處。這我承認。」接著，他略帶冷淡、用彷彿說的是別人的事的口吻說下去。「可是，跟淺野講這些話，又怎麼樣呢？我就算說了，那傢伙還是聽不進去吧，搞不好還把關係越弄越糟，所以若是你們想說，沒問題，可是要我直接去講的話，我不會答應。那不是個好方法。」

就這樣，加地找了很多理由拒絕與慶一郎溝通。

加地離開之後的檢討會，是探病面談以來最令人洩氣的一次。

「講了那麼多，結果還是害怕說些什麼吧！」今天很難得地由小南開始發言。

「不過是找藉口逃避罷了！」

「的確如此。」夕紀也附和著。「而且，那樣的態度只會更讓淺野鬧彆扭吧！淺野想得倒是比較單純，只要好好跟他講，應該多少都聽得進去。真是可惜啊！」

「嗯，沒錯！如果我們來講，反而會有反效果吧！他會說『為什麼那傢伙不直接講呢？』這麼做只會讓他更不爽而已。」

即便如此，小南後來還是把「翻譯」當作經理的重要工作項目，將加地的話轉達給慶一郎。

結果，慶一郎表面上是乖乖地聽了，可是小南完全看不出來他到底聽進了多少。因為聽完後，他只說了一句「啊，是喔。」就再也沒有說話了。

◉第四話

沒有這樣的投手！

13

暑假結束，第二學期到來。

開學沒多久，秋季東京都大會[1]，也就是所謂的「秋季大會」緊接著就要展開了。這是小南加入棒球隊後的第一場對外比賽，也是讓球隊打進明年春季甲子園的重要賽事。因此，小南不由自主地緊張起來。

但隊上的氣氛卻一如往常，完全沒有緊張感。好不容易暑假前才讓大部分隊員都來正常練習，沒想到學期開始後又有不少隊員請假，士氣指數低到不行。

特別是，關鍵人物淺野慶一郎還是缺席。小南完全沒看他來練過球，為此還特地跑到教室門口等他，想了解究竟發生了什麼事。沒想到慶一郎只說，身體沒什麼勁、無法掌握要領，所以就不練了。

轉眼一週過去，第一場比賽到來。

這場比賽的先發投手仍是慶一郎，小南看在眼裡有著難以言喻的複雜心情。

幾乎從不來練習的慶一郎卻能擔任先發，她嘴上不說，但心裡卻不太高興。隊上還有另一位叫新見大輔的一年級投手，總是認真地練球，小南覺得讓他擔任先發才是合理的安排。

不過，如果不讓慶一郎先發，他鐵定會鬧脾氣，說不定還會放話說要退出球隊，實在很傷腦筋！

於是，小南忍不住走到文乃旁邊，酸溜溜地說：

「淺野只有上場比賽時才不會蹺隊吧！」

慶一郎果不其然在比賽開始前現身了。但小南卻希望他能像蹺掉練習那樣不來比賽，然後，就能毫無顧慮地讓大輔擔任先發，一切都順理成章。

這次讓慶一郎先發，不只小南，連其他隊員都顯露出不太對勁的情緒。幾個認真練習的隊員，特別是捕手柏木次郎，雖然沒有說什麼，但很明顯地擺出一副不悅的神情。比賽還沒開始，就瀰漫著不和的氣氛。

不過，一旦比賽開始，慶一郎總能展現投球佳技。

---

1 東京都地區於九月舉辦的地方大會，勝出者可代表東京都參加隔年的春季甲子園，又稱「秋季大會」。

這一天的對手同樣是一般都立高中。

秋季大會賽程分東西兩區，共有二百五十間學校參加，分成二十四個小組，預賽採淘汰制，各組的優勝隊伍方能晉級選拔賽。選拔賽中成績最佳的一或二名，則有可能打入隔年春天的甲子園。

這是個無止盡的賽程。首先，得在分組淘汰賽至少拿下三連勝，要是第一戰沒贏，就什麼都別指望了。可是，慶一郎幾乎沒參與練球，實在令人擔心會投出什麼樣的球來。

慶一郎在前六局成功壓制對手，零失分，但全隊打擊也受制於對手而無法施展，雙方比數一直是零比零。戰局來到七局下半，輪到對手進攻。

這關鍵的一局若能穩住，接下來也許會有不一樣的局面。沒想到，就在這時發生了徹底改變全隊命運的重大事件。事後，小南只要想到接下來發生的事，就忍不住感嘆命運是這麼不可捉摸。

這一局，對方的首位打者成功上壘，但不是因為他擊出安打，而是游擊手櫻井祐之助發生了失誤。

祐之助在夏季大會預賽曾失誤過，正是讓慶一郎崩潰的人。那次失誤害慶一郎被換下場，當時的陰影再次籠罩全隊。

現下又是同一位隊員，犯下相同的失誤。託他的「福」，不只場上守備的九位球員，連在休息區的隊員全都跟著捏了把冷汗。沒有人有心思管祐之助，大家都呆住了。

坐在休息區的小南望向游擊位置的祐之助，即使距離很遠，依然可以看到他垂頭喪氣的神情。

小南接著看向投手丘的慶一郎，意外地，他卻與眾人不同，看不出任何異樣。既沒有安慰祐之助，也沒有變臉或不高興，只是冷靜地面對下一位打者。

小南忽然想起之前慶一郎說的話，「我對失誤的祐之助，半點責備的意思都沒有。只想穩住陣腳，重新點燃鬥志。」

——他現在應該就是這心情吧。

這樣的話，這狀況應該不用擔心才是。正這樣想時，卻發生了始料未及的狀況：慶一郎投不出好球。

慶一郎連續投出兩次四壞球保送，讓接下來的兩名打者上壘，形成無人出局的滿壘局面。

此時，加地教練頻頻向投手丘打出暗號。不料卻事與願違，慶一郎仍然無法將球投進好球帶，連續又將三名選手四壞球保送，送了對手三分。

出現了這種狀況，慶一郎再也沉穩不起來。滿臉漲紅，氣呼呼的樣子，肩膀不停上下聳動著，一邊猛踏投手板，發出陣陣聲響。

如果小南不清楚狀況，看到這景象一定會以為慶一郎是在氣祐之助的失誤，所以不投好球——也就是說，如果她沒有透過行銷步驟了解慶一郎，肯定無法正確解讀他的動作。

沒想到慶一郎這麼明顯的變化，旁人卻都難以理解。

小南至少清楚慶一郎並非賭氣。她之前就在他與夕紀的面談中聽過他的真心話，弄懂了他的個性，多少也算對他有點了解。所以大概能體會他為什麼一直投不出好球。

——他應該是為了投出速度而肩膀特別使了力，投球動作卻因此不順暢；也許他正擔心著會不會被換下來而焦躁不安。心靜不下來，就更控不好球了……

想到這裡，小南開始擔心起坐在鄰座觀賽的加地教練。

——如果又這樣把慶一郎換下來的話，關係肯定會決裂。

小南想起自己要當個稱職的「翻譯」，決定向加地進言。

14

「教練……」

「唔？」

「那個淺野……」

「嗯。」

「他……那個……雖然投不出好球……但並不是……」

「他是不是說『不是在鬧彆扭』？」

「咦？」

「那傢伙是不是說，他不是故意要四壞球保送對方？這種事，不說我也知道啦！」

「真的嗎？」

小南不怎麼有禮貌地脫口而出，但是加地一臉不在乎的樣子，聳聳肩膀。

「其實那之後我也稍微反省了一下，也試著問過了。」

「問過了？問了什麼？」

「就是……所謂『投手的心情』。我打電話問了大學時代當過主力投手的一個傢伙。淺野是不是說『你們不懂投手的心情』嗎？」

「咦？是。」

「就是問了，所以才覺得應該就是那樣。我啊，從國小到大學通通都是野手，而且大部分時候都是候補選手，說實在的，別說是主力投手，就連投手的心情或先發球員的心情，我都不清楚。所以就到處問問看囉，打聽一下所謂投手的心情，究竟是怎麼一回事。」

「是。」

「那時他說的話裡面，有一句讓我印象深刻。」

「哪一句？」

「嗯……那就是『在這個世界上，沒有一個投手想要投好球，就投得出好球的』。」

「啊！」小南發出驚訝的聲音。「他說的，不就和現在的情況一模一樣？」

「沒錯。雖然我也嚇了一跳，但那傢伙說，投出四壞球保送對手，是身為投手最可恥的事。儘管沒有誰能隨心所欲地想投好球就投得出來，卻也無論如何不想在眾目睽睽之下投出四壞球。那可是投手最痛苦的地方啊！」

「……這是什麼意思呢？」

「只要投出四壞球，不管是休息區的人還是野手，一定都會白眼相向。而且，聽說一定還會被說『怕什麼，讓他們打啊！』或『要相信隊友的防守能力！』」

就在那個時候，捕手柏木次郎，對著投手丘的慶一郎說：

「淺野！放輕鬆，讓他們打，要相信我們的守備力！」

小南和加地不由得面面相覷。

「話說回來，」加地繼續說：「據說投手並不是想要三振對方或信賴守備，就投得出好球。其中雖然有很多理由，但總而言之，越是無論如何不想這樣投的時候，越是沒辦法控制自己會投出什麼樣的球。」

「原來是這麼回事啊……」

說話的同時，慶一郎再度投出了三個四壞球保送，比數變成零比六。若再失一分，肯定會以七分之差讓比賽提前結束。

「呃，那個……」小南開口說：「教練等一下要不要跟大家喊個話？」

「咦？」加地一臉疑惑地看著小南。「為什麼？」

「大家聽到次郎……柏木剛剛的話，一定沒辦法明白，什麼是教練剛才說的『投手的心情』。所以，淺野現在一定很悶吧！」

小南已經不管場上的賽事，一心只想說服加地。

「因為個性的關係，淺野說不出那些心裡話。別看他這個樣子，其實他很害羞，可能覺得講這些很丟臉吧。所以，要是教練能轉述，讓大家了解他的想法，一定可以幫他一把的。」

然而，加地聽了小南的話，卻把視線別開，表情冷淡。

「不過，我覺得這不是好辦法。」加地一副這比賽事不關己，面無表情地說：「現在這種氣氛下，忽然幫淺野解釋，大家一定會懷疑我跟淺野怎麼突然變得這麼親近，而引來種種猜忌。不只社員這麼想，恐怕淺野本人也會！所以，我還是再等一會，等大家情緒冷靜下來再說明。」

加地又補充了二、三句他不想說的理由。

小南聽著的同時，因自己的無能為力而懊惱不已。

——我沒辦法掌握到教練的現實情況、需求及價值觀，所以再怎麼跟教練交涉也行不通。

雖然沒有表現出來，但聽著加地振振有詞的小南，心情卻越來越低落。終究，還是歸因於自己的管理能力不足啊，小南這樣想著。

此時，慶一郎投出第七個四壞球再丟一分。比賽因此提前結束。

15

離開球場後，棒球隊成員坐上巴士，為了開檢討會而回到學校。正式比賽結束後回到學校開會，是一向的慣例。

回程中，小南開始調整心情。雖然有說服不了加地教練，以及明年無法挺進春季甲子園的雙重打擊，但她不是愛愁眉苦臉的人。她在巴士上思考下一步要怎麼走。

小南還是想將剛才與加地談話的內容，傳達給全隊知道。而且這事拖不得，越早說清楚越好。特別是，要在慶一郎在場的時候說才有用，若是慢了一步，總覺得會造成嚴重的後果。

因此，小南一邊在腦中計畫著，一邊與坐在隔壁的文乃說起悄悄話。

「待會回到學校要開會吧？」

「嗯，對啊。」

「有件事想請妳幫忙。」

「咦？」文乃照例露出吃驚的表情。「我嗎？」

「是的，我也只能拜託文乃了。」

「唔，是喔……什麼事呢？」

「希望妳能適時發言，我會先說話，請妳再提反對意見。」

「唔，啊……反對……意見嗎？」

「嗯，我會先舉手發言說『淺野是故意投出四壞球吧？』我要妳接著反駁『才不是這樣的。』」

「咦？」

小南把臺詞與劇本都寫好了。

一旦抓到適當時機，小南會舉手說：「今天的比賽，不就是淺野因為祐之助的失誤而鬧脾氣，才一直投出四壞球嗎？不然怎麼會白白連續送了那麼多分數？」

文乃聽了之後反駁「不是這樣的」，然後說出剛才加地提到的內容：「這世上沒有投手願意投出四壞球」，而且要在大家——包括慶一郎的面前。

小南清楚這是很笨的方法，要是演得太差，根本就是耍猴戲，全隊氣氛一定會冰到谷底。

——做比不做要有希望。一時之間也想不出更高明的點子，這是我現在想得到最好的方式了。

文乃很快就了解做這件事的目的，只是對於自己要擔任這角色非常不安。

小南再對文乃補上一劑強心針，說這件事只有文乃才辦得到，希望她能幫幫小南、全隊隊員、祐之助以及教練，更重要的是拉慶一郎一把。

「我明白了。」文乃重重地點頭答應了。

回到學校，檢討大會開始。每次都借用空教室開會，由隊長主持、統籌一切並首先發言。

沒想到，站在講臺上的隊長星出純一開口就直接做了總結。

「唔……今天這麼精采的比賽提前結束，實在很可惜。報告完畢。」

結果，原本已經低迷到極點的會議氣氛，更因這令人錯愕的發言而鴉雀無聲。

小純對著坐在教室前方靠窗的加地說：

「教練，麻煩您給大家說幾句話。」

加地似乎不太想發言，並未立刻從椅子上站起來。隔了一會，他才下定決心似地緩緩站起來，小聲地向隊員說話。

「一如隊長說的，今天的比賽這麼精采，若是能早一點反攻，也許會有不一樣的結果，真的很可惜。現在講什麼也沒有用了，大家今天打得很用心，應該有從今天的比賽看到不少該反省的地方吧！希望大家能將今天的經驗牢記在心，挑戰明年夏天的比賽。加油，好嗎？」

語畢，他立刻坐回椅子上，扠著雙手，一副不想再管事的模樣。

「……還有其他人要發言嗎？」

小純看著教室裡隨性就座的隊員們。

小南與文乃坐在最後方靠近走廊的位子，也就是離加地最遠的位置。她試著觀察隊員們的動靜，看來沒有人想發言，她們互相使個眼色，準備出招。

沒想到就在此時，有人舉手了，小純點他起身發言。

「柏木，請說。」

正是捕手柏木次郎。起身時的次郎，雖然仍維持他一貫的慢條斯理，但語調中卻夾帶著怒氣、用激動發抖的聲音說：

「我……我不想再接淺野投的球了。」

教室頓時籠罩著劍拔弩張的空氣。緊張氣氛中，次郎低沉的聲音持續著。

「失誤……失誤是誰都會犯的。當時的情勢的確很緊張，又是零比零，所以失誤會影響大家無法心平氣和地繼續比賽，也是人之常情。況且，祐之助是第二次犯錯，換成是我也會生氣，這一點不難理解。」

「咦，啊……」小南不小心叫了一聲，次郎不受影響地繼續說下去。

「但就算這樣，我……我還是無論如何都沒辦法原諒，他是故意投出四壞球的吧！」

次郎低沉而緩慢的聲調摻雜著怒氣，他一股作氣往下說。

「淺野根本侮辱了棒球。無論再怎麼生氣、作嘔都無所謂，但因此讓球隊輸球就是不對。首先，他幾乎沒在練球，卻能擔任先發投手，這太扯了。或許他是隊上最厲害的投手，但棒球並不是只要技術高超就行了，即使是王牌也得要有責任心。如果連這點也做不到，就根本沒資格站上投手丘。總之，我不想再接他投的球了。」

聽到這席話，小南與文乃立刻交頭接耳起來。

——我們，改變計畫。

小南仍然要文乃緊跟著她發言，只是這次是小南反對次郎說的話，文乃跟著附和，並且強調慶一郎並不是故意的。

要在如此尷尬的氣氛中發言，文乃感覺格外沉重。

文乃勉強點頭答應後，小南轉向前面，打算舉手。

就在此時，教室裡忽然冒出很大的聲音。

「沒有這樣的投手！」

小南嚇了一跳，環顧教室。

她原本以為是慶一郎在咆哮。不過，看樣子並非如此。社員並不是看著慶一郎，而是教室的前方，最靠近窗戶的位置，不知何時加地教練已經站起來了。

「沒有哪一個投手願意投出四壞球！」

加地語無倫次、用教室外也能聽到的高分貝大喊。他盯著每一位因為驚訝而嚇呆的隊員，最後，鼻息混亂地重複著：

「……沒有投手會故意投出四壞球！我們隊上沒有這種人！」

隨後，他又扠起雙手坐回位子。

不知道過了多久，沒有人再開口說話。包括坐著的加地、講臺上的小純，以及站著的次郎跟其他社員。連小南與文乃也沒出聲，大家幾乎都屏息著、靜待接下來的發展。

這時，傳來細碎而尖銳的嗚咽聲音，一陣哽咽後，轉而變成啜泣。

大家很快就發覺這個聲音來自慶一郎。坐在位子上的慶一郎，肩膀上下起伏地哭著。

沒有人敢說話。大家全都不發一語，動也不動地坐著。慶一郎的哭聲，迴盪在整間教室裡。

16

所幸這場慘痛的比賽，讓棒球隊重生了。也許不是照著小南希望的方向轉變，但有些變化確實正在發生。

特別是淺野慶一郎，彷彿變成另外一個人。

首先，他積極參與練球。先前蹺了那麼多次練習，現在每天練球都可以看到他的身影，甚至比出席率第一名的二階正義還早到。

這樣的慶一郎也影響了其他隊員。大家變得比較投入，態度也越發認真了起來，擅自交談與打混的情況也減少了。

這時的棒球隊，是小南入社以來第一次出現備戰氣氛。

但練球內容卻一成不變；社員們只是一次次單調地重複著固定的訓練項目。因此，社員們有時候會提不勁來，大家明顯對練球有些興趣缺缺。好不容易如萌芽般發生的改變卻無以為繼，這樣下去也會辜負了大家的期許。

小南看在眼裡，更覺得要好好把握這個機會。她堅信這會是個「成長」的大好時機。

《管理》中寫道：

必須準備「成長」，因為我們無法預測機會何時會造訪。準備是必要的。若是沒有準備好，機會將離我們遠去。（二六二頁）

我們準備好了。我們已經定義出什麼是棒球隊、決定了目標，也做了行銷。舉行了「探病面談」，也找出了做為顧客的社員們的現實情況、需求與價值觀。

此外，小南擔任了教練這位專家的翻譯：把社員的心聲傳達給教練，將教練的用意轉達到社員。她希望他的知識與能力，能牽繫、成就全隊的成果；希望他的貢獻能轉換成團隊的成果。

我們準備好了，現在就是成長的時機。

這樣想的小南有一天找來加地教練、星出純隊長，還有另一位經理北條文乃，召開臨時會議，提議改變練球的方式。

秋季大會結束後沒多久，小南就拜託文乃與加地教練討論，設計新的練球方式。關於成長的準備，球隊可是蓄勢待發。

小南希望能運用文乃的長處。

認識文乃的過程中，小南看到了文乃的優點：聰明好學、個性耿直。小南希望文乃能利用這些長處，與加地攜手合作，制訂出全新的訓練菜單。

——發揮人的長處。

這句話成了小南的口頭禪。一天二十四小時都在想著要怎麼發揮人的長處。這是管理之中重要的一個任務。《管理》如此寫著：

人的管理，也就是發揮人的長處。人是脆弱的，脆弱得很可悲。人會製造問題、需要程序、做雜事。人是成本也是種威脅。

不過，人並非這些原因而受僱用的。人受僱用是因為他們擁有長處與能力。組織的目的是要能發揮人的長處，同時能中和人的弱點。（八〇頁）

初讀時，小南驚訝得說不出話來，她從來沒有想過人有什麼「長處」好發揮的。她一直覺得，除了親朋好友以外，其他人全都是囉嗦、煩人的礙眼傢伙。

不過《管理》並不這樣說的。

「人是最重要的資產。」（七九頁）

——資產！

小南因為這個說法而大受鼓勵，她從沒想過可以將人比喻成資產。

例如一年級的經理北條文乃，原本對小南來說，是個讓人不知道怎麼相處、難以互動的隊友。說穿了，文乃很棘手。剛認識時，覺得她給人一種負擔感，如果可以的話，不想與她有任何瓜葛。

不過，讀了《管理》後，這想法就改變了。

首先，小南開始著眼於她的長處，尋找她的優點。沒錯，要是不能善用她的長處，管理就無法成功了。

既然知道了文乃聰明好學、個性耿直，她接著思考如何善用這些長處，提升組織的生產力。

這答案顯而易見。

「是教練！」小南立即想到，發揮文乃長處的最好方式，就是補教練之不足。

加地教練是所謂的專家，他從小學、國中、高中乃至大學都在打棒球，熟知任何與棒球有關的知識。即使東大畢業後，進入高中教書，仍保有對棒球的強烈熱忱。

不過，他的產出卻不明顯。知識與熱情無法有所成就，讓加地本人也很困擾。這個時候，就要好好活用文乃的長處了。

成績總是名列前茅的資優生文乃，有著過人的吸收力與理解力。她肯定能精準地吸收加地廣博的棒球知識與熱情，能稱職地擔任加地的翻譯。文乃自己是個好學生，也很有才華，跟同樣成績優異的加地教練絕對合得來。如此一來，加地的產出就可以讓球隊的成績更上層樓了。

另一方面，文乃也能有所作為，讓她在探病面談時提到「希望能幫大家的忙」的願望得以實現，也能藉此讓文乃跟大家打成一片，融入團隊。

讓文乃與加地共同制訂新的訓練菜單，正是一舉數得的做法。於是，小南提出了一項要求：「要設計出讓隊員想積極參與的訓練菜單」。

球隊裡一直有著「來不來練習都無所謂」的氣氛。之前，以慶一郎為首的多數球員就因此而視蹺掉練球為沒什麼大不了的事。

小南原本表象地認為，這是因為隊上缺乏紀律及社員自律性低。然而，讀了《管理》後，總算找出最根本的問題。

是因為球隊的訓練太無趣了。因為練球沒意思，大家當然都想開溜。

《管理》這樣寫著：

企業的第一功能是行銷，現今很少有企業會實地進行。都僅止於紙上談兵。

消費者運動顯示出行銷的重要，消費者對企業提出要求，希望企業從顧客的需求、現實情況及價值認定出發。要求定義出的企業目的要能滿足需求；要求賺錢的同時要能為顧客做出貢獻。儘管一直以來大家都在談行銷，消費者運動挾著強力民眾運動之姿，凸顯出的結果卻是企業未能徹底實踐行銷。消費者運動對行銷來說是種恥辱。（一六～一七頁）

「消費者運動」指的是消費者為追求改良產品及服務，而對企業主導的運動。

最具代表性的就是發起拒買運動以進行杯葛。

讀到這裡，小南發現了一件事。

「隊員蹺社不來練球，就是『消費者運動』，他們抗拒練球，就是種杯葛行為，希望能藉此改善訓練內容。」

小南因而將這個重責大任交付給文乃。

「希望妳能整合目前為止的行銷結果，設計出充滿吸引力的訓練菜單，讓隊球們不再杯葛，願意主動參加。」

◉ 第五話

不打觸擊、不投壞球

17

文乃當初聽到小南要她與加地合力構思新的訓練菜單時，第一個反應是懷疑，「我能勝任這麼重要的任務嗎？」接著，不安感一湧而上。

——我做得到嗎？我進高中之後才擔任經理，對棒球也不是非常熟悉，能扮演那麼重要的角色嗎？

但同時，文乃也確實意識到，心裡有著另外一種情緒。

——他們願意把如此重大的工作交給我啊……

這種感覺無疑是喜悅。是種被委以重任的喜悅，也勾起了自己相當程度的期待——說不定我也能為其他人做些什麼。

於是，文乃立即著手與加地重新研擬訓練菜單。

文乃被賦予的任務，是盡可能讓棒球隊的訓練方式創造出產能、成就感，同時具備吸引力，讓社員積極參與練球。

文乃認真思考著如何才能有效地完成這份菜單。這時，她突然想到秋季大會時小南說的一句話：「淺野只有上場比賽時才不會蹺隊吧！」

以前，投手淺野慶一郎雖然經常無故蹺社，不來參加練球，卻絕不缺席每一場比賽。其他社員也是如此，一有比賽，大家都會正常出席。看起來理由很簡單，因為比賽具有吸引力。

所以，能否把比賽本身吸引人的成分，納入訓練當中呢？

文乃開始分析「比賽的魅力是什麼？」接著，她跟加地一起討論出比賽具備、但訓練卻沒有的因素。

在討論當中，找出了幾個關鍵因素。他們隨後也跟小南、夕紀以及其他社員溝通，總結出了三個要素。

一、**競爭**。比賽最大的魅力是與他人的競爭。不僅是輸贏而已，攻擊、守備及跑壘，每個動作都是為了與他人競爭。而與他者競爭能夠帶來緊張和刺激，正是比賽具備，訓練卻沒有的要素。

並非訓練沒有競爭的成分，但就訓練而言，更多的是與自己枯燥無味地比較，而不是與他人熱血激昂地爭高下。

二、**結果**。比賽的魅力之一就是能馬上看到結果。每個打者揮棒出去，打得是好或壞都能立即判別。比賽本身非勝即敗，顯而易見。雖然有時結果是殘酷的，但這黑白分明的殘酷，無疑就是比賽具備的重大魅力。

訓練卻無法立竿見影。像是自己一個人進行慢跑訓練，就與勝負成敗無關。所以自己的實力到底有沒有進步也很難判斷。這也是練習容易讓人感到厭倦的原因。

三、**責任**。比賽中的選手們被賦予著重大的責任。文乃在觀察慶一郎的過程中，深刻感覺到這一點。慶一郎之所以從不缺席地參加每一場比賽，是因為他始終有著「如果我不來，比賽就沒法開始」的心態。相較之下，平時的練球卻難有這種責任感。練球時會讓社員覺得「我在不在都無所謂」，所以社員覺得即使蹺掉練習也沒有什麼關係。

這三點是文乃與加地分析出來，比賽中有但訓練時沒有的因素。

兩個人針對這些結論，討論起具體的練球方案。關鍵在於如何把這三種因素納入訓練當中，讓練球變成具競爭魅力，又能馬上得知結果，同時讓社員身負責任感。

文乃提出了一個點子：引進「團隊制」。

目前棒球隊裡除了經理，共有二十名社員。所有社員可以分成三組，讓他們互相競賽。

比如訓練跑步時，不是單純地隨便跑跑而已，安排測量時間，讓各組展開競爭，然後公布結果與排名。而且不只是公布個人成績，還要公布每組的綜合成績，個人的成績秒數也會反映在團隊成績當中。這樣的話，就能讓每一個社員產生責任感。

於是文乃以「團隊制」為主軸，統整出新練習方案的架構。

小南看到文乃提出的建議後，發自內心地感到佩服。因為文乃製作出來的新訓練菜單遠遠超過小南預期。

尤其是「團隊制」最受小南推崇。因為這個制度能將文乃分析出來比賽中具備、訓練時沒有的三種因素——競爭、結果、責任，完整地納入訓練中。

而且，「團隊制」中還加了加地教練的提案，那就是將淺野慶一郎與新見大輔兩名投手，另外安排不一樣的訓練。加地是這麼想的：

「棒球中的投手角色是獨一無二的。常有人說，棒球比賽的勝敗，七成以上取決於投手的表現。所以，與其讓投手進行跟其他球員一樣的訓練，不如另外採用別的訓練菜單，進行特殊訓練的效果也許會更好。」

加地採取這樣的特別措施，目的有兩個。

首先，投手的訓練性質本來就跟野手不同，採行特殊的練習，能讓訓練進行得更加順利。

另外，差別對待也能夠讓慶一郎和大輔意識到自己的重要性。如此一來就能期待慶一郎和大輔肩負起更重大的責任。而投手的責任本來就大於其他球員。

最後，「團隊制」訓練並不包括慶一郎與大輔。將剩下的十八人分成六人一組，一共三組。棒球隊的新體制就這樣展開了。

18

新的訓練方案一開始就遭遇到各式各樣的困難，並非一帆風順。面對全新的訓練制度，不僅選手們感到疑惑，就連負責管理執行的經理們，也遇到種種掌控與意料之外的狀況。

然而，社員之間卻沒有出現不滿的聲音。因為程高棒球隊在秋季大會上敗北後，渴望改變的呼聲越來越大，大家的鬥志彷彿被點燃一樣，球員都全力往前衝。

也就是說，在大家都做好了要改變的心理準備下，小南引進新的訓練方法，即使剛開始不太順利，但社員都願意配合，積極適應。

其中，淺野慶一郎的變化十分明顯。九月下旬，在公布新訓練方案的那一天，加地教練告訴他們「投手不必參與『團隊制』，會安排其他訓練」的那一瞬間，小南看到慶一郎的鼻孔因自尊心得到滿足而撐大。

從那天起，慶一郎的神色不同以往了。在新的訓練制度下，他比原來更專注地接受訓練。

以前慶一郎來球場，多半只是跟別人聊天，什麼都不做。但現在訓練時則不跟任何人講話，獨自默默地練習。還不到一個月，慶一郎就像變了一個人似的。

小南親眼目睹慶一郎的轉變，再次強烈地體會到，滿足社員現實情況、需求與價值觀的效果如此之大，以及管理工作對實現這些事情的重要性。因此，小南更加努力，思索著如何讓現有的訓練方案更盡善盡美。

《管理》這本書仍然為小南帶來許多啟示。書裡提到如何使工作具備生產力的具體方法。

為使工作變得有生產力，四種步驟是必備的：

一、**分析**。我們必須了解工作所需要的作業目標、程序及需求條件。

二、**整合**。我們必須整合，藉由彙總運作方式的流程，進行編制。

三、**管理**。我們必須把目標、質和量、原則和例外的管理工具納入工作之中。

四、**工具**。

（六二頁）

小南、文乃與加地根據杜拉克提出來的四點，繼續努力讓團隊制訓練方式更加完善。

這一陣子，杜拉克的《管理》一書已經成為加地和文乃一同參考的團隊管理指南。大家一起讀《管理》並熱烈討論，將討論後的新發現加入具體的訓練方案中。

三人首先徹底「分析」起訓練方案。

每天在訓練結束之後，她們會整理出當天有哪些不足，或者有哪些是不必要的安排。再來，定期舉行練習賽，當成分析指標之一，練習賽的結果更成為檢測程高棒球隊進步的依據。程高的練習賽次數，比從前增加許多。

接著，三人管理小組討論時的發現，正好可以納為訓練的改革方案。因此訓練內容每天更新，與一開始的練球窘況相比，呈現出另一番全新面貌。

最後，針對訓練的施行重點，加入「管理」工具。先由三人小組制訂每週的目標，告知社員；再讓社員自行以當週為目標安排具體的訓練方案。如此一來，也能讓社員做到自我管理。

這也是參考了杜拉克提倡的「目標管理與自我控制」構想。《管理》是這樣寫的：

目標管理的最大好處就是促使人掌控自己的績效，自我控制總是帶來強烈的動機：不是隨便做的，而是盡力做到最好。因此，即使目標管理不一定帶給團隊共同努力的方向，但若藉由自我控制來管理時，則有可能達到。（一四〇頁）

這個「自我目標管理」的效果非顯著。社員自行制訂訓練方案，催生出比以往更積極的實行動機，對訓練更全力以赴。

最後是「工具」。為了讓訓練過程更具生產力，可運用各式各樣的「工具」。

在這裡說的「工具」，指的不只是棒球用具，還包括其他只要能增進效益的實用物品。其中最具代表性的就是電腦，小南用電腦將彙集下來的大量資料排比、分析。另外，練球及出賽日程的安排與聯絡事項等資訊，也充分運用網路與手機來提升溝通效率。

就這樣過了一個月，訓練總算漸入佳境。小南等人也變得越來越忙碌，忙得無暇注意社員出席狀況。但社員的的確確受到練球的魅力吸引，不知不覺全隊參與訓練的情況越來越好，不再有人蹺社缺席了。

有意思的是，由於訓練變得有趣、吸引人，讓小南當初很想採行的「出席點名」完全無用武之地。

小南至此明白了「成就感」的重要性。成就感簡直就是「魔杖」。《管理》書中雖然明言「管理不是魔杖」，但在小南心中，成就感根本就是可以讓人動起來的神奇魔杖。

關於成就感，《管理》是這樣寫的：

> 為使工作者有成就感，必須要讓他承擔自己工作職務的責任。（七四頁）

就是說，成就感與責任是表裡一體、相輔相成。

因此，小南決定在團隊制訓練中，進一步把「責任」因素更有系統地放進去。比如說，每組中都選出一位組長，每一組的管理都交給這位組長。自己那一組究竟缺乏什麼、該做什麼，都由組長召集組員討論。該設什麼樣的目標，採行哪些訓練方法，也交由他們各自管理。

另外，組長以外的成員也各有不同的職責。

棒球的訓練類型主要分成攻擊、守備、跑壘。小南讓每組自行選出該領域的負責人。每組都有負責攻擊、防守、跑壘的負責人，讓他們分別在各自的領域中想辦法增強實力，負起達到成果的重大責任。

也就是說，當進行路跑訓練時，就由跑壘領域的負責人來主導。路跑訓練是在學校附近的大型公園進行。測量隊上每一位社員的跑步秒數，並統計加總各組成績，互較高下。而要如何才能提升自己組上的成績，則交給各組跑壘負責人去煩惱。

跑壘負責人通常由每組裡最擅長跑步的人擔任，目的是為了讓每位負責人都能好好發揮自己的知識、經驗等寶貴能力。

擅長跑步的人最清楚怎麼才能跑得快。至少單就跑步而言，經驗的確比其他人豐富。小南希望看到的是，讓他們能在團隊裡發揮個人長才。《管理》中提到：

> 讓自己和工作團隊承擔責任，這樣的安排之所以會成功，乃是因為工作者在自己唯一的專業領域，能夠發揮自身的知識與經驗。（七五頁）

根據這段建議，小南試圖把每一個社員的知識和經驗應用在各自的專業領域上。這正是「發揮人的長處」。社員透過發揮自己的優勢，對自己和組織產生更強烈的責任感。負責跑壘的人會感受到「因為自己善於跑步，所以統籌這領域的工作」，進而產生更多責任感與成就感。

小南把握這樣的原則將訓練劃分區塊，分配給所有社員，並且時時留心讓每個人擔任的角色都具有生產力。因為，如果社員不能體會到「自己的工作和組織的成果有關」，就無法創造出成就感。

為了讓社員都能實際感受到自己的工作攸關組織的成績，小南發現資訊的回饋分享也是不可或缺的。

像路跑訓練時，小南將訓練時所記錄下來的秒數推移，製成圖表後發給大家。讓每一個人、每組的成績都能夠一目瞭然。三人管理小組積極地把有關成果的資訊分享給隊員，讓大家承擔的責任變得更明確。

另外，小南也設置了學習場所。她召集各組的跑壘負責人，就如何提高跑步實力召開討論會。讓不同組之間的關係雖然是競爭對手，但透過分享資訊與討論，提升棒球隊整體的成長。有時加地也會參與討論，將他的知識和經驗回饋給社員。當加地說的詞語太專業時，就由文乃居中翻譯，在教練和社員之間成功扮演了溝通的橋樑。

棒球隊幾乎在所有的面向上，都讓全體社員承擔責任。所以討論與回饋分享的會議時間也理所當然地增加了。

接下來，變成每週一次召開全體的例會，當天不進行任何訓練活動。因為，畢竟星期一是每週的開始，非常適合訂出當週的目標或公布相關事宜。最後，週一被社員稱為ＮＧＤ（No Ground Day）。

19

秋天過去，冬天到來。新年一過第三學期開學，對於即將升上高三的小南及其他二年級社員來說，距離夏季大會地方賽，也就是最後一次打進甲子園的大好機會，只剩不到半年了。

就在這個時候，棒球隊整體的氣氛也已經活絡起來了。

去年夏天以來，宮田夕紀主導的探病面談一直進行著。針對每天都有些許變化的社員，理解他們的現實情況、需求與價值認定，並確實反映在北條文乃主導的訓練菜單中，一點一滴地改善，讓球隊士氣幾乎達到前所未有的巔峰狀態。而定期檢測的資料顯示，球隊實力都比以往任何時候都突出。

另外，練習賽逐漸奏效。為了測試自己的實力，程高棒球隊每週與程度相近的都立高校舉行友誼賽。一開始有輸有贏，勝負次數不一定。但漸漸地，獲勝的次數慢慢多了起來，最近幾乎沒有輸過。

就在此時，小南決定將管理提升到下一個階段。因為她已經能夠客觀評估程高棒球隊的實力，也重新體認到「打進甲子園」這個目標對程高來說，還有很大的努力空間。

秋季大會一役敗陣至今，雖然社員的實力大幅提升，但還遠遠不到能打進甲子園的水準。而且，以目前進步的速度來看，程高要在半年之內提升到打進甲子園的程度幾乎是不可能的事。

也就是說，目前的戰力若打得進甲子園，真的會跌破眾人眼鏡。

因此，只照著以往的方式訓練是不夠的。還必須有所改變，拿出更有效的全新作法才行。

苦思對策的小南，還是翻開了杜拉克的《管理》這本書。

企業僅靠行銷是不可能成功的，更無法在靜態的經濟中生存；只有從中賺取佣金的仲介，或是不具任何產值的投機者才可以。企業只能在成長的經濟狀態中生存，或者至少得在視變化為理所當然的經濟中生存。企業就是成長及變化的組織。

對企業來說，第二個功能就是創新，就是創造出新的需求。不僅是提供單一經濟產品與服務，而是必須提供更好的產品與服務。企業本身不一定要越來越大，但

要越來越好。（一七～一八頁）

創新！

這就是小南緊接著要面對的新挑戰。

創新才能打破以往的常識，創造新價值。改變原來的框架，謀求新的成長空間。而且，要創新的不是「棒球隊」，而是棒球隊之外的整體環境：高中棒球界。

《管理》是這樣寫的：

創新不是科學或技術，而是價值。不是發生於組織內，而是外部的改變。創新的衡量，端視它給外在環境帶來了何種程度的衝擊。（二六六～二六七頁）

創新是組織外——也就是說，創新不是發生於棒球隊內部，而是對於棒球隊外圍的整個「高中棒球界」所帶來的變化。透過打破陳舊的常識，創造新的棒球理念和模式，進而改變高中棒球界的普遍認知。這才是小南要做到的創新。

——用不到半年的時間把程高棒球隊提升至打進甲子園的實力，要改變的對象不是棒球隊，而是整個高中棒球界。

於是，小南開始思考要如何才能改變高中棒球界。《管理》一書也描述到了創新的策略：

創新策略主要假設：現存的東西一切都老化了。所以，假設現行事業的策略是「更好、更多」，那麼，創新策略則是「更嶄新，更不同」。創新策略的第一步就是有計畫、有系統地淘汰古老的、垂死的和陳舊的東西。創新型組織不耗費時間及資源捍衛昨日的事物。只有主動拋棄昨日，才能把資源，尤其是最寶貴的人力資源，用於創造新事物。（二六九頁）

為了實現棒球隊的創新，首先必須假設現行的高中棒球界整體會走向老化之路。再來則是有計畫、有系統地淘汰高中棒球界裡古老的、垂死的、陳舊的部分。

至於要淘汰些什麼，小南決定請教專家加地教練。但找他商量之前，小南先詢問了負責翻譯加地專業知識的文乃，究竟高中棒球裡古老、死板、陳舊的部分指的是什麼。

文乃答道：「不就是『犧牲觸擊』跟『投出引誘性壞球』嗎？」

目前，文乃已經成了加地不可或缺的左右手。因為策畫訓練菜單，她長時間跟加地相處，從加地身上吸收了大量、豐富的知識以及對棒球的熱情。本來就很聰明、反應很快的文乃在這過程中，學會了許多棒球專業知識，猶如加地的分身似的。因此，文乃除了扮演稱職的翻譯之外，若加地不在，也能率先向社員傳達加地的想法，有時還主動提供練球建議。

對加地瞭若指掌的文乃覺得，加地一定會說「犧牲觸擊」與「投出引誘性壞球」這兩點應該要淘汰。

首先，習以為常的「犧牲觸擊」對當今打高投低的棒球界來說，確實已經不合時宜。單純地「犧牲」一個打者，成效既不明顯，失敗的風險也不小。

加地一直認為，若只是跟著球界玩犧牲觸擊，會失去創造性。犧牲觸擊這一作戰方式讓許多教練和社員的思考僵化，使棒球變得無聊。加地甚至擔憂，這可能會導致球迷不再熱愛棒球。

另外，加地認為「投出引誘性壞球」也是日本棒球界的陋習。也就是不讓對方打者有好球可打、只能打壞球的投球策略，以壞球引誘打者揮棒，企圖讓對方打偏或揮空。

不僅是高中棒球，這也是現今職業棒球的常態。盡可能在不投好球的情況下收拾對方打者，甚至被認為是一種「美學」。

但加地認為，如此一來根本阻礙了投手成長。大家過度在乎投出壞球讓對方打擊，反而讓投球的速度及曲線的掌握每下愈況。其中一個弊害就反映在北京奧運的棒球比賽。當時，日本國家代表隊投手一直送給對方打者不少壞球，結果「削進」好球帶邊緣卻被判定為壞球的日本投手，竟被逮到機會猛攻的對方打者狠狠修理一頓。

而且，「投出引誘性壞球」會無意義地拖長比賽時間，讓戰術思考更加狹隘。這與犧牲觸擊一樣，無疑是把棒球變成無趣運動的害蟲。

文乃告訴了小南，加地的這些想法。

小南聽完後，打算直接找加地做進一步溝通，文乃當然也在小南身邊。一如往常，三人就著空教室開會討論，小南開門見山地問：「加地教練如何看待犧牲觸擊呢？」

加地激動地說出自己的看法，他覺得犧牲觸擊是個沒有新意且不合理的戰術，把棒球變得無聊透了。

接著，小南再向加地請教了「投出引誘性壞球」的看法。加地用幾乎相同的時間解釋了這個戰術如何阻礙、弱化投手的成長空間，造成比賽無謂地拖長，棒球越玩越無趣。小南默默地看著加地話匣子停不了地說著。

等加地說完之後，小南換了個話題。

「對了，加地教練，在甲子園漫長的歷史中，有沒有哪位教練改變以往普遍認知，創造出新價值的呢？」

加地立即回答：「據我所知，有兩個教練做到了這一點。一位是池田高校的蔦文也教練，另外一位是取手二高的木內幸男教練。」

「這兩位教練改變了什麼呢？」

加地回憶起兩位教練的驚人事蹟。

池田高中的蔦教練改變了死守低得分的「防守棒球」風氣。一九八二年夏季和一九八三年春季，池田高校發揮了強大的打線火力，奪得兩次冠軍。他那「打擊、打擊、再打擊」的炮火戰術，為高中棒球界帶來「強力棒球」全新的風氣。

另外，取手二高的木內教練改變了以前的「管理棒球」。不是拿出看得見、摸得著的數據資料評估實力，而細心考慮、重視選手們的心情、個性等，建立了「心棒球」。結果，取手二高在決賽中打敗，被稱為「高中棒球史上最強」的名門，擁有桑田真澄、清原和博等王牌選手的ＰＬ學園，奪得了全國冠軍。

關於這兩位教練，加地花了很長時間描述，最後還特別加了一句：「他們是我的偶像。回顧甲子園的歷史，傳說中的名將首先就是這兩位。」

其實小南知道加地的想法，事前文乃就已經告訴過小南加地對這兩位教練的看法。

小南於是正視著加地的雙眼說：

「那麼，加地老師要不要成為第三位傳說中的教練呢？」

「啊？」加地驚訝地看著小南。

「也就是說，請加地教練成為第三位傳說中的人物。聽過您的想法之後，我覺得非常有機會。您對『犧牲觸擊』和『投出引誘性壞球』的看法很有意思，說不定捨棄掉這兩個古老、死板、陳舊的作戰技術後，高中棒球真的可以發生變革，為高中棒球帶來創新。加地老師您也有可能因此成為傳說中的名將，所做的事蹟將被代代流傳下去。當務之急是想出如何才能拋棄『犧牲觸擊』和『投出引誘性壞球』的具體做法，請在下周之前好好跟文乃討論一下，好嗎？」

說完之後，小南快步離開了教室。

20

三天後，在所有社員都參加的全體會議上，加地發表了棒球隊的新作戰方針，名稱叫做「不打觸擊、不投壞球」。這個方針也成為之後程高棒球隊最重要的創新戰略和戰術。

在此同時，小南也落實新的計畫——「社會貢獻」。

「社會貢獻」是《管理》一書最前面部分出現的「管理的三種任務」之一。書裡是這樣寫的：

管理是為了讓自己的組織為社會做出貢獻，有著三項本質不同卻同樣重要的任務。

一、讓自己的組織發揮特定使命。組織是為了這個目的而存在的。

二、在現代社會中，組織才是讓工作中的每一個人能夠維持生計、獲得社會地位以及參與社會的核心管道，也是讓成員們實現自我的方式。當然，使人獲得成就感本身更是具有重要意義。

三、處理好組織對社會帶來的影響，為社會做出貢獻。管理除了要處理好對社會的影響，也肩負著為解決社會問題做出貢獻的使命。（九頁）

小南已經做到了第一、二點，但始終無法實行第三部分。雖然她很清楚應該盡早做到，卻始終無法開始。一方面是真的很忙，實際上小南也不確定該怎麼下手才好，她找不到棒球隊可以具體實行的社會貢獻。

在為社會問題做出貢獻這一課題上，小南首先思考什麼是「社會」。她認為，廣義來說社會指的是這個世界，但對棒球隊來說首先指的是「學校」。最後的結論是，東京都的程久保高校對棒球隊來說才是最直接的「社會」。

於是，小南思考著如何才能為「學校」做出貢獻。她首先想到的是，校內清潔打掃等服務活動，但這似乎有點不夠實際；不是沒有意義，而是不夠有建設性，且沒有好好發揮棒球隊社員的長處。

在管理的過程中，小南已經深刻體認到「發揮人的長處」的重要性，以及管理帶來的深厚助力。夕紀、文乃、慶一郎後來的轉變正是如此，而最為顯著的是加地教練。

之前，加地根本無法善用棒球的廣博知識，所以指導球隊時力不從心，消極冷淡，看不出來是個對棒球有熱忱的教練。

但在文乃這位優秀的「翻譯」協助下，加地看到自己的知識與熱情點燃了全隊整體氣氛，創造出出色的成果，他也開始變得熱心指導社員，積極參與討論。加地彷彿脫胎換骨，整個人活躍了起來。

對學校做出貢獻也是一樣，小南也很想將棒球隊的長處發揮到極致，讓球隊能夠因為「社會貢獻」而更加活躍。

小南左思右想，突然靈光一閃，她想起了朽木文明。文明是隊上跑步最快的球員，但除此之外也沒什麼其他優點。他對自己成為先發球員非常心虛，也曾因要不要退社而煩惱不已。

文明有一天突然要小南見一個人。一問之下才知道，文明希望她與一位名叫小島沙也香的女生見面，她是程高田徑隊的隊長。

剛開始小南以為，文明是要跟她提跳槽到田徑隊的事，但不理解為什麼要安排她跟這位女隊長見面。兩人聊過之後，才發現根本不是這麼回事。

一見到面，沙也香隨即開口問。

「棒球隊社員什麼時候開始這麼認真地參加訓練的呢？」她帶著充滿好奇的眼神。「我很想了解這狀況，所以問了朽木，他說應該問妳。」

小南根本不知道，原來最近發生在棒球隊的變化，已經在程高校園內引起熱烈討論。棒球隊向來有著練球出席率奇低的惡名，如今，社員都準時參與練球，而且顯得很積極、開心，讓其他運動社團感到相當好奇。

沙也香正是為了向小南請教祕訣而來。田徑隊也跟以前的棒球隊一樣，拿社員的低出席率沒轍。

小南將如何一點一滴投入管理的來龍去脈告訴她，在分享的過程中又浮現了新的想法。

乾脆把棒球隊的管理經驗與其他社團分享好了。透過管理，或許能為其他社團做出貢獻；而在推廣管理的過程中，也能讓社員發揮其長處。如此一來，就是在解決所謂的「社會問題」。

除了田徑隊之外，仍有許多社團在管理上碰壁。小南想，如果能把接觸《管理》後所獲得的知識，和累積的經驗分享給其他有需求的社團，同時解決了他們的問題，不就是為「社會問題」做出貢獻嗎？於是，小南展開了社團管理的諮詢業務。

這項服務一下子便得到其他社團的高度肯定。前來諮詢的社團不只田徑隊，其他社團社長、經理也紛紛加入。對於前來諮詢的人，小南都一一審慎地回應，並協助他們展現成果，為學校這個最直接的社會做出貢獻。

小南的行動與經驗分享，慢慢地在各個社團發揮了作用。

田徑隊的策略是讓各社員分擔責任，進而改善出席狀況。柔道社採用「團隊制」訓練，提升體能與耐力。家政社讓社員積極參與回饋制度，提升製作料理的實力。管樂社依每個人的專攻調整吹奏編制，社員因此更樂於參與，演奏的實力也大幅提升。

除此之外，小南也藉由管理設法解決更重大的校內問題。她邀請學校裡的問題學生，加入棒球隊擔任經理。

程高的偏差值超過六十，是屬於升學率不錯的高中，所以並沒有很多的問題學生。即便是問題學生，也頂多是濃妝豔抹，超過校規允許範圍；或是在街上鬼混到太晚，隔天無故缺席這類的問題。

小南之所以鎖定這些問題學生，邀請她們加入棒球隊的目的有二。

一是隨著管理事務工作量的增加，棒球隊經理的人手確實越來越不足。另一個用意是，讓這些問題學生承擔責任，減少她們發生偏差行為的機會。

實際上，會做壞事、給學校帶來麻煩的問題學生，往往沒有參加任何社團，而且在日常生活中找不到想做的事情。所以小南想，如果能夠交付她們具有責任感的工作，或許能降低她們學壞的機率，同時也能為學校做出貢獻。

於是，小南向這些問題少女招手，邀請她們加入棒球隊。第三學期結束之際，棒球隊增加了三名女子經理。

◉第六話

隊長換人了

21

時序進入三月後，棒球隊發生了兩件大事。

首先，一直臥病在床的夕紀動了手術。她本來在去年年底就要進行的，後來因為身體狀況不好而延到這時候。

夕紀的手術並不難，但為了兼顧術後的療養及恢復狀況，醫生非常慎重地評估，堅持夕紀要在身體正常的狀況下才能動刀。所幸，手術總算圓滿完成，療程又往前邁進了一步。

手術結束後第三天，正是程高的畢業典禮。這一天棒球隊休息，小南到醫院去探望夕紀，在公車上遇到了意想不到的人：捕手柏木次郎。

次郎正好也是要去醫院探望夕紀。上了車的次郎看到小南之後，自然地坐到了旁邊的空位。

「喂。」

小南對著打招呼的次郎，客氣地回了一句「你好」就別過頭去。次郎也不再說什麼，一路上再也沒人說話。

到了醫院，兩人一同走進病房，沒想到看到了一年級的櫻井祐之助在病床旁邊跟夕紀聊天。他看到了兩人一起進來後滿臉驚訝，急忙起身收拾東西。

小南說了一句「沒有打擾到你們吧？」，祐之助當場面紅耳赤，語塞地逃出了病房。

小南目送他出去後，對躺在床上的夕記打探狀況。「我真的吵到你們了喔？」剛動完手術的夕紀，聲音聽起來有些虛弱，不過仍微笑地回應。

「呵，妳別笑他，他會很不自在。」

「他常來看妳嗎？」次郎問。

「嗯，偶爾吧。你們記得嗎？去年秋天，球隊不是因為他失誤而輸了比賽嗎？那時小南發簡訊要我好好安慰他。這之後，我們一直有聯繫。」

小南瞠目結舌回應。

「什麼，我有拜託妳安慰他嗎？」

換夕紀瞪大雙眼。

「啊，妳忘記了嗎？」

「我根本不記得了。」

「哈，小南還是一點都沒變呢！」夕紀笑逐顏開，突然分別看了小南和次郎一眼說：「你們倆一起來，我才驚訝呢，之前都沒看過。」

小南認真回答說：「不是一起來，是恰巧在公車上遇到的。」

「但這樣三個人聚在一起，讓我覺得很安心，好像回到過去呢。」夕紀忍住笑意說道。

「嗯，確實如此。」次郎回應，小南卻沉默，不表示任何意見。

三人聊到剛結束的畢業典禮、學校及棒球隊近況。但這一天，夕紀看起來很疲累，小南和次郎決定早一點離開，讓她好好休息。

回家的路上，兩個人搭上同一班公車，依舊無話。快到某一站時，次郎突然對小南說：「啊，妳看那邊。」

「唔？」

次郎用手指指窗外。

「就是那裡。以前我們不是經常去嗎？真懷念啊！」

小南順著次郎的手，向窗外看去，是一座棒球打擊場。

「啊……」小南露出鬱悶的神情，次郎繼續說著。

「對了，現在要不要去打一球呢？好久沒去了。」

聽在耳裡的小南，仍不發一語。次郎只好自己打圓場說：「唉，隨妳吧，不勉強妳。」接著就不再作聲。

然而，當公車就要靠站時，小南忽然轉頭對次郎說：「好啊，就去打吧！」

「喔，」次郎一臉意外，立即回答，「那走吧！」按了下車鈴。

下車後，兩人走進打擊練習場，在櫃臺買了儲值卡。小南挑了最裡面的打擊區，次郎則在隔壁。兩人把儲值卡插入機器，選了投球速度、球種後，站上打擊位置，正對著投球機器。

一會兒，機器送出一顆顆球，小南的第一棒非常有力地揮出，球往右前方飛去，畫出一道漂亮的拋物線。

看到小南的表現，次郎忍不住喊叫：「哇噢！」

小南沒反應，表情不變，專注地對著投球器揮棒。

球不斷地投進打擊區，小南不斷地擊球。一幕幕小時候的畫面浮上心頭。

從小，小南就是個棒球少女。她受到熱愛棒球的父親影響，很小就成天拿著球和球棒。上了小學後便加入地方上的少年棒球隊，正式開始打球，成天與一群小男生混在一起，努力練球。

小南是三姐妹家庭中最小的妹妹。父親一直希望能生個男孩，把他培育成職棒選手，沒想到滿心期待的老三又是個女孩，他多年來的夢想幾乎破滅。

但父親似乎不放棄，開始認真地教小南打棒球。本來就很直率、運動神經也很出色的小南，球技一下子進步不少，甚至擔任少年棒球隊的主力選手。

柏木次郎就是當時結識的隊友。小南和次郎兩人的家住很近，加上夕紀，三人是從小一起長大的好朋友。更小的時候，他們就經常去彼此家玩，成為隊友後，更常一起練球。這個打擊練習場就是當時常來的那一個。

那時候小南發育得很快，所以，不管是打擊還是守備，都遠比次郎佔上風。四年級時，次郎仍然是候補選手，小南卻已經進入了先發九人名單，參加每一場比賽。那時候的小南確實看不起次郎。

小南真心想成為打出一片天的棒球選手。在小學的作文裡，她寫到將來的夢想就是想當個職棒選手，還經常問父親。

「我將來能成為職棒選手嗎？」

父親每次都會回答：「當然，只要妳好好地堅持下去。」

於是小南更加投入，為了成為職棒選手的夢想，每日每夜不辭辛勞地努力練球。

小南棒球生涯高峰是小學五年級。在當時的市聯賽中，她打第六棒，決賽一役敲出一記再見安打，拿下勝利。

但隨後，小南的球技停滯不前，漸漸地被周遭的男生比下去了。

大部分的學生在六年級時就進入青春期，生理發育起了很大變化。小南開始無法像以前一樣展現出亮眼的打擊表現。反倒是次郎的實力突飛猛進，進入了先發九人之列，而小南卻被先發名單除名了。

這時，小南意識到狀況不對了，發現自己與周遭男生之間存在著明顯的差異。

現在回想起來就很容易理解，男女之間的發育速度截然不同。不過那時候的小南一直沒注意到這一點。身體的發育很早，但常識方面卻很晚熟。

於是，小南鼓起勇氣，再次問了父親。

「我是不是無法成為職棒選手了呢？」

「當然可以啊！」平時總是笑容滿面的父親，這時候卻露出苦笑，表情轉而嚴肅，不再多說什麼了。於是，小南問了坐在一旁的母親同樣的問題。但母親只是用略帶悲傷的表情看著小南，什麼話也答不上。

那一刻，小南終於如夢初醒。

——我的夢想，原來是不可能實現的……

並且陷入絕望。

——只有我一直都不知道。

從那以後，小南一反常態變得厭惡棒球。那反感超越了討厭的程度，甚至因而生恨，覺得棒球背叛了自己、棒球把自己的人生弄得一團糟。

從此以後，小南與父母的關係陷入僵局，與次郎之間也產生了嫌隙。原本實力比自己差的次郎竟然技高一籌，小南無法接受這樣的事實。

所有有關棒球的過去，包括市聯賽決賽中那一記再見安打，這時都成了痛苦回憶。別說要重拾球棒了，與任何棒球相關的事情，小南都拒絕接觸。

小南幾乎是失去了夢想、家庭、朋友及回憶。這樣的打擊實在太大，內心好像被掏空一樣，完全無法思考任何事。

在小南陷入自我矛盾的低潮時，只有夕紀仍在身邊支持她。她始終接受、包容小南的失意和痛苦，在一旁默默地陪伴，有時還擁抱著她哭泣的肩膀。夕紀以友情的溫暖填補了小南的空虛。

正因為夕紀的支持，小南對自己發誓，一輩子都不能背叛夕紀，希望能有回報的一天。不論她遇到什麼問題，都要全力以赴幫助她。

所以，夕紀住院，無法繼續擔任棒球隊經理時，小南毅然決然替她帶領棒球隊，讓夕紀安心療養。

小南誓言要讓棒球隊打進甲子園，這麼一來不但能讓夕紀高興，還能鼓舞她早日健康起來。小南的決心，一切都是為了夕紀。

小南全力管理棒球隊，正是對夕紀最好的回報。

十分鐘後，打完球的小南在大廳休息，次郎買了飲料過來，遞給她。小南掏出錢，次郎不收。小南索性接過飲料說一聲「謝謝」，一口氣喝下去。

次郎先開口。

「妳啊，還是這麼厲害。」

「……」

「妳根本沒有忘記怎麼打球。都過了多少年了呢？多久沒打了？有五年嗎？完全看不出來。」

「……」

「剛才的高飛球真是沒話說，讓我回想起以前的妳。還記得嗎？那場市聯賽決賽，妳——」

「別說了。」

「咦？」

小南不希望次郎再說下去。

「我不想聽，你不要再說了。」

「……好吧。」

兩個人沉默了一會兒，次郎才開口。

「算了啦。不管妳怎麼看待過去的事，妳現在所做的事情是很厲害的。」

「咦?」小南一下子無法理解次郎的意思,兩眼發楞地看著他。

次郎用認真的眼神凝視小南。

「這是真心話,我真的覺得妳是一個很令人尊敬的人。」

小南再次別過了視線,不吭一聲。

這一天,兩個人就什麼也沒再說,一路沉默地搭上公車,最後在家附近道別。

22

棒球隊裡發生的另一件大事,就是二階正義加入了管理團隊。小南以前曾想過要把正義拉進管理團隊,也問過他的想法。

但一直遭正義拒絕。正義強烈認為,畢竟加入了棒球隊,就該好好扮演球員的角色認真打球,並追求先發九人的位置。正因為打得很差,比任何社員都差,正義才堅決認為應該繼續努力增強實力。

小南理解到正義的心意後,放棄了說服他的計畫,但仍然不時跟他商量管理上的問題,尋求建議。因為在小南身邊,唯一熟悉杜拉克也了解管理的人只有正義。

有趣的是，正義對管理方面的建議，總能讓小南的管理工作更有成效，社員實力更上層樓。但這麼一來，正義打入先發陣容的可能性就變得更低。雖然正義的實力有進步，但其他社員更不是省油的燈。

有一天，小南一如往常向正義請教管理的事情，他忽然神情嚴肅地看著小南。

「我問妳喔……」

「唔，怎麼了？」

小南察覺到正義的樣子跟平時不同，也認真了起來。正義避開了小南的眼神，欲言又止地思考著什麼。小南不發一語，等著正義開口。過了半晌，正義好不容易才擠出一句話。

「能不能也讓我參與管理的工作？」

就這樣，包括教練加地、隊長星出純、小南、文乃以及三名新上任經理，一共七個人組成的管理團隊，增添了正義這一名生力軍，他們定期召開會議。

正義提出各式各樣的方案，就像要把一直以來積累的能量徹底釋放出來似的。不只是嘴上說說，還積極地把建議轉換成具體的行動。

本來就是為了日後成為創業家才加入棒球隊的正義，對經營管理方面的知識和熱情絕非他人可比。在管理這件事情上，他幾乎是個點子與行動兼備，不可多得的人才。

首先他提出「與其他社團共同訓練」的想法，並把小南曾經諮詢過的幾個社團全都邀入「共同訓練」的計畫中。

比如，田徑隊。正義希望對方能夠協助提升棒球隊選手的跑壘實力。那段時間，整個棒球隊的訓練重心就是「提高跑壘能力」。

加地原本提出了「不打觸擊、不投壞球」作戰計畫，大方向是不讓社員做犧牲觸擊；同時還提出加強盜壘與打帶跑戰術的訓練原則。換句話說，社員跑壘實力的提升，就成了下一個目標。因此，正義才建議與田徑隊合作，滿足跑壘訓練上的需求。

他提出這個建議是有根據的。

因為小南持續進行的諮詢奏效，讓棒球隊與田徑隊建立了良好關係。為了進一步維持兩社之間的友誼，於是拜託田徑隊隊長小島沙也香指導棒球隊社員跑壘的方法。沙也香是短跑高手，很適合指導。如此一來，不僅是棒球隊，對沙也香本人也有好處，她可以重新檢視自己的跑法，並提升自己的實力，雙方都有收穫。

《管理》一書裡特別說明了「管理的正當性」：

管理的正當性只源自：把人的長處變成生產力。這正是組織的目的。它意味著構成管理權威的正當性。組織是對於社會裡的每一個人做出貢獻，並達成自我實現的一種方式。（二七五～二七六頁）

正義的提案，就是把沙也香的長處化為生產力。

小南把正義的提案轉達給沙也香之後，她不但欣然接受了，而且還進一步拉近棒球隊與田徑隊之間的關係。從此每週一次，棒球隊在沙也香的指導下展開了跑壘訓練。

正義不只跟田徑隊合作而已。

為了培養像柔道選手般強大的腰力和腿力，棒球隊把投手淺野慶一郎和新見大輔送進柔道社進行特訓。兩人在榻榻米上，跟著柔道社員揮汗如雨地鍛練著下半身肌肉。

同時，也與家政社合作「定期試餐」方案，為了訓練結束後總是飢腸轆轆的棒球隊社員，正義拜託家政社製作美食，讓社員享用後提供反饋意見，同時做為家政社員提升作菜水準的參考。

在首次的試餐會上，正義詳細地將大家的感想整理成分析圖表。這前所未有、來自棒球隊的回饋，對家政社來說是非常寶貴的行銷資料，讓社員非常開心，欣然決定每週固定舉辦一次試餐活動。

最後，正義請管樂社為棒球賽準備加油曲目。因為是公演性質，也大大提升了管樂社的練習意願。兩社敲定在夏季大賽來臨前緊鑼密鼓地配合練習，由正義負責統籌。

除此之外，正義也打算將小南想落實的「社會貢獻」，擴大範圍到學校之外的地方。

他首先與地方上的少年棒球隊商量，把孩童找來程高球場，依社員的強項開辦「棒球教室」。這個作法的目的是，社員在指導孩童的同時，也能提升相應的棒球實力。

這靈感來自田徑隊的沙也香。這段期間，棒球隊每週一次到田徑隊接受沙也香的跑壘指導。不僅是棒球社員，沙也香本人跑起步來也大有進步。

沙也香透露，「連我自己都很驚訝。我的速度加快不少。原來在指導別人怎麼跑的同時，也重新思索了自己的跑法，從中獲得許多靈感和啟發。現在想想，我明明是在教人，卻同時也受教。」

正義靈機一動，把沙也香的經驗應用在隊員身上，讓他們教小朋友打棒球，從教學中找到提升自己實力的途徑。

他也試著讓棒球隊跟附近的私立大學合作。這所大學的棒球隊是全國數一數二的名隊，擁有高中就打入甲子園的知名選手。正義打算請那些有甲子園經驗的球員為程高棒球隊演講，分享當年的經歷，讓社員對「打進甲子園」這個目標有更切身的體認。

正義就這樣一個接一個不斷地丟出建議，小南讓他放手去做。從沙也香的方案開始，小南就一直全力支持正義。對於正義提出來的新方案，小南幾乎不去判斷是好還是不好，當然也有感到疑惑的時候，但她選擇不說出來。

她之所以無條件地支持正義，是因為小南認為好壞對錯的判斷，並不是自己應該做的事。《管理》中提到：

每個組織都消極地希望能相安無事。但組織健全來自高標準地要求績效。自我目標管理之所以勢在必行，也是因為這個不可少的高標準。

我們必須理解什麼是績效。績效不可能百發百中，那是馬戲團的表演，不存於現實世界裡。績效是指長期間達到成果的能力，因此，經理人不能信任從沒犯錯或沒失敗過的人，他們都是裝出來的，或者只圖輕鬆而簡單的事做。成果就像打擊率，將沒有弱點錯認為優點的管理方式，會讓組織失去動力，嚴重折損士氣。因為，越是優秀的人，越會犯錯。越是優秀的人，越會願意嘗試新的事物。（一四五～一四六頁）

雖然小南不確定正義所做的事情是好還是不好，但至少明白它們是「新」的事，因此決定盡量讓他放手去做。

小南另有一個打算，就是為棒球隊建立「高階管理團隊（top-management）」。《管理》中提到：

為了讓高階管理發揮團隊功能，必須達到幾個嚴苛的條件。團隊不是簡單的組織，不可能只靠友誼建立起來。與人際關無關，高階管理團隊必須有所作為。

一、參與高階管理的成員必須在自行負責的領域擁有最終決定權。

二、高階管理團隊的成員不得在自己負責的領域以外做出決定，必須交由該領域負責人處理。

三、高階管理團隊的成員之間可以不建立友好關係，不互相尊重，不但絕對不能互相攻擊。在會議室之外的地方，不應該互相指責、批判或瞧不起，甚至連互相讚揚都要避免。

四、高階管理團隊不是委員會，而是團隊。團隊需要隊長，但他不是老闆，而是領袖。隊長這角色的分量則是多變化的。（二二八頁）

基於杜拉克的解釋，小南決定不去碰負責領域以外的事情。也就是將最終決定權交給該領域的負責人。

將最終決定權交給他人，這樣同時也能減輕小南的負擔，而能比以前更專注地做好自己分內的事情。總之，分擔責任可達一石二鳥之效。

23

到了四月，新學年展開。小南也升上三年級，離高中生涯最後一次的夏季大會只剩下三個月了。

畢竟是新學年，棒球隊裡也發生了一些變化。首先是新人加入。

今年報名入社的新生幾乎是往年的兩倍，有三十二人。管理團隊並沒有大張旗鼓地宣傳招生，卻來了這麼多報名者，大家都又驚又喜。管理給棒球隊帶來的改變，比小南想像得還獲好評。新生就是聽聞棒球隊的盛名，而主動報名的。

不過，小南知道這未必是件好事。因為《管理》裡提到，組織的規模並不是越大越好：

組織當中，有無法生存下去的最小規模，因產業與市場領域而有所不同。反之，也有怎麼管理也無助繁盛的最大規模。（二三六頁）

同時還提到：

管理者應該追求的市場規模不是最大，而是最適合。（三一頁）

棒球隊該追求的規模，原來不是「最大的」，而是「最適合的」。

於是，小南開始思考「棒球隊的最佳規模」究竟該多大？《管理》中找到了相關說明：

事實上，組織規模過大的主要問題不在於內部能否有效管理。最大的問題在於不見容於它所在的環境。

當組織的行動自由受環境限制，導致業務或管理上必要的決策無法施行時，就應視為規模過大。換個角度說，因為顧慮與社會的利害關係而不得不做出明知會有損組織的決策時，也應該判斷為規模過大。（二四三～二四四頁）

如果程高棒球隊的規模過大，將會有兩項隱憂。

首先，候補選手必將增加。高中棒球隊無論是正式比賽登錄的先發人數或替補球員，都有明文規定。若無端擴大規模，新進社員中勢必有很多人會因為上不了場而覺得乏味，甚至後悔加入棒球隊，也就是無法體會到感動的人會隨之增加。這點顯然與程高棒球隊主張「為顧客帶來感動」的定義背道而馳。

其次，其他社團的社員會相對減少，棒球隊的規模變大卻讓其他社團的規模縮小。這點顯然也與棒球隊所提倡「對社會做出貢獻」的管理方針相違背。

而且，規模過大很可能導致棒球隊成績下降。對一個健全的組織來說，與其壟斷市場，不如面對有實力的競爭對手，才能提高自己的實力。

《管理》寫到：

在快速擴大的市場，特別是新興市場裡，具獨佔力組織的績效，往往不如有許多競爭對手的組織。這聽起來似乎很矛盾，而且事實上，大部分的企業人並不同意這個論點。可是，事實的確是如此。在新市場中，有許多供應者通常比僅有單一供應者更能夠促進市場成長。（三〇～三一頁）

棒球隊無論如何都要避免擴張成弊多於利的規模。

所以，小南沒有來者不拒，讓所有申請者直接加入球隊，而是先見面聊天，傾聽他們的現實情況、需求與價值觀。若他們的想法不符合棒球隊的期待，小南會建議他們加入其他社團。小南堅持為每一名新生和棒球隊，找到最佳的安排。

這工作確實很艱難。坦白說，是至今小南做過的管理職務中最難的一項。《管理》便提到：

組織規模不當，是高階管理團隊所面對的所有問題中最困難的。這問題不會自動消失，需要管理者的勇氣、正直品格、深思熟慮以及執行力。（二四四頁）

《管理》同時提到：

正視正直的品格這一回事，組織才能健全。首先，必須象徵性地表現在人事決策上。品格無法後天習得，它是與生俱來的，更不可能騙人。對於工作者，特別是下屬來說，管理者是否有品格，只要觀察二、三週即見真章。無知、無能、不穩定

或沒禮貌還可能被原諒，但缺乏正直是絕對不能被接受的，這樣的人不能被推舉為經理人。（一四七頁）

小南謹記杜拉克的這段話，完成與各個申請者的面談，徹底解決球隊規模過度擴張的問題。最後，這一年僅招收十二名新社員，全隊共有三十八名社員。

新生社員入社後，組織規模確實擴大了，小南不得不調整管理策略。

規模對策略是會造成影響。反之，策略也會影響規模。（二三六頁）

小南接著推動的是「自我目標管理」。到夏季大會已經剩沒多少時間，為了有效利用有限的時間，每一個社員都必須做到自我目標管理。《管理》是這樣寫的：

上至老闆、處長，或業務主任，經理人都需要明確的目標。沒有目標只會招致混淆。目標中必須明示該部門必須達到的績效。經理人還必須以自己部門的貢獻，

協助其他部門達成目標。(一三九頁)

依杜拉克所述，小南的管理團隊為組織整體、為每一個社員都制訂了詳細而具體的目標。

首先，由宮田夕紀主導，確定了行銷目標：夏季大會預賽開始之前，再次進行探病面談。這次小南不陪同，由夕紀單獨進行，要讓夕紀試著去承擔比以往更重大的責任。

這次的探病面談，打算用預賽前的三個月時間完成。以前，球隊曾在暑假及寒假時各進行一次探病面談，過去兩次都只花了一個月。而這次預計在三個月內慢慢進行。

一方面因為社員人數增加了，且夏季大會即將到來，調整練球日程也變得有些困難。不過，最重要的原因還是考慮到夕紀的身體狀況。

動完手術後的夕紀，仍未完全康復。她的疾病不是做完手術就會馬上好的，還需要繼續接受藥物治療。

聽說，身體的某些數值若再降低一點，就可能可以出院。小南祈求她的身體狀況能在夏季大會前回復到正常水準，無論如何希望讓夕紀坐在預賽的休息區觀賽。這是小南的心願。

其次，由文乃主導，確立了訓練目標，包括棒球隊「帶來感動」的定義，棒球隊「打進甲子園」的目標，以及最高作戰原則「不打觸擊、不投壞球」。

為了制訂這些內容，文乃也參考了《管理》書中提到的「專注決策」（concentration decision）。

有關行銷目標，已有不少書籍論述，但都沒有強調，以下兩點設定目標之前必須先行的基本決策，即專注決策與市場地位決策（market-standing decision）。

古代偉大的科學家阿基米德曾說過：『只要你給我一個支點，我就能把世界抬起來』。阿基米德提到的『支點』就是我所說該專注的領域。只有集中專注，才能抬起世界。因此，專注決策應該屬於基礎中的基礎，是重要的決策過程。（二九頁）

棒球隊的訓練該專注的重點，就是找出「支點」。離夏季大會只剩下三個月，在這段期間內能做到的事情有限，必須理性地判斷，果決地選擇與放棄。

於是，文乃跟加地商量，在進攻與守備面各自挑出該集中火力的重點，其他則一概捨棄。從現在開始，接下來的三個月，讓全體社員專注練好進攻與守備中最重要的項目。

他們訂出進攻的重點為「有效判斷好球與壞球」，即「不要打壞球，只打好球」。

這是棒球中最基本的常識，就連不太看棒球的人也懂。但實際上，對打者來說，壞球不僅不好打，一旦出手若未打出安打，就會被判成好球，反而會有利於對方投手減少投球數，所以盡量不打壞球。

但正因為如此，投手會挖盡心思讓打者打壞球，投到微妙地帶，引誘打擊者出手。這一策略正是當今「投出引誘性壞球」戰術被濫用的主因。

文乃很想徹底扭轉這個惡習。如果打者都不打壞球，「投出引誘性壞球」這個戰術就會失效。這正符合加地提倡的「不打觸擊、不投壞球」，也將打破高中棒球的普遍認知。文乃要做到的就是創新。

棒球隊把訓練主力放在不碰壞球，其他的攻擊訓練一律捨棄。

至於守備方面的重點方針，則是「不怕失誤」。

加地要投手落實「不投壞球」的策略，要求投手完全不投壞球，以好球決勝負。但這樣就得擔心好球被打者擊中，對守備力的挑戰也隨之增大。

因此，野手的訓練就聚焦在不怕失誤上。就算有人無可避免地出現了失誤，也不是問題。大家很清楚要在剩下不到三個月的時間裡，把程高的防守力一下子提升至甲子園水準是不可能的事。

既然如此，最重要的態度是即使失誤了也不著急，要以平常心因應，千萬不能因害怕失誤而消極防守。

加地和文乃一致認為，這是程高能否打進甲子園的關鍵，因此決定貫徹「不怕失誤」的訓練。

為培養社員膽量，要大家改採「趨前防守」，在正常守備位置向前移動兩三步處進行防守。

用意是為了讓球員提早面對迎面而來的球。防守時若往前站幾步，球會比平常更快抵達野手的位置，處理起來更難，更容易造成失誤。但實際上，要求社員這麼做的是教練，責任在教練，而不是球員。責任歸屬一旦明確，球員失誤時也不至於情緒低落。

這麼做還能讓球員的心態更加積極。守備位置往前移了，球員更能不畏懼地面對任何方向飛來的球。

另一方面，加地要求投手苦練「硬拚對決」戰術。

在夏季大會中，投手最大的敵人不是對方打者，而是疲勞。夏天毒辣的太陽才是投手體能上的大敵，有幸打贏每場賽事固然是好事，但疲勞也在一戰一戰中累積下來。

為解決體力負荷的問題，最好的辦法是盡量避免消耗體力，具體的做法就是少投點球，縮短在場上的時間。

所以，程高定調投手要主動投出好球讓對方打者打擊，最後交由隊友的防守解決。加地提倡的「不投壞球」作戰計畫與這一策略也息息相關。教練不讓投手投出壞球，能少投幾球就少投，以避免陷入夏季辛苦的體能戰。

淺野慶一郎和新見大輔兩人接下來徹底練習了如何「硬拚對決」。

在不投壞球，又要因應對手打擊的前提下，投手必須把球壓低，投出角度犀利的變化球。為了做到這一點，投手必須加強鍛練出強韌而柔軟的腰及腿，兩人著重在下半身的刻苦訓練。

整個訓練過程對兩名投手來說非常艱辛。除了參加柔道社的訓練以外，其他社員每週只進行一次的路跑訓練，卻是他們的日課。他們倆不用參加團隊制訓練，所以這項訓練不但艱苦而且孤單，但責任也相形重大。

但他們的耐力更是驚人，特別是慶一郎。有一天，他從加地那裡聽到桑田真澄的傳說。前讀賣巨人隊投手桑田，在手肘受傷後無法正常訓練期間，堅持在二軍的操場裡跑步，每次就著同一條路線練跑。久了，桑田跑步路線的草皮上，出現了一條光禿禿的軌跡。這條路線從此被稱為「桑田路」，更加深了他毅立不搖的傳奇性。

加地要求慶一郎做到桑田的水準。讓慶一郎在學校附近公園的同一條路線來回練跑，也促使他跑出自己的練習之路。

慶一郎完全接受這樣的安排，一天又一天，堅持地跑下去。

沒想到，他跑出來的那條路被公園管理員發現，又補上了新的草皮。然而，大家還是把這條路線稱為「淺野路」，成了一段佳話，為後來程高棒球隊的投手建立了路跑練習的典範。

正當每一位社員努力接受訓練的同時，文乃集合了經理，組成研究調查團隊。

為了實現「打進甲子園」的目標，清楚掌握競爭對手的資訊是一項重要的工作。要在西東京地區勝出可不是隨便靠運氣就能過關。況且，目前實行的「有效判斷好球與壞球」作戰計畫，了解對戰投手的球路和特長就成了一大關鍵。

於是，文乃連同原來的問題學生和一年級新生經理，一共六個人，分別針對有可能對戰的學校，展開了詳細調查，掌握相關情報。

這項任務獲得意想不到的成果。三名問題學生發揮了重要的作用。

她們比一般人更具執行能力和膽量。大家通常不敢靠近其他學校的球場，她們毫不卻步直搗敵方陣營，積極奔走，並把對方訓練的具體情況整理成報告。同時，她們也善於交涉，甚至取得同意拍下對手訓練的過程。她們拿回來的影像素材，在加地和文乃的縝密分析之後，訂定了明確的因應戰術。

24

離夏季大會剩下一個月，棒球隊又有了新變化。剛開始，只是小小的徵兆，後來不知不覺就擴延至整個球隊。

棒球隊至今為社會貢獻而嘗試了不少事情，這次則是從社會上得到不少回饋。這就是「來自社會的影響」。

首先是每週六的少年棒球教室，程高棒球隊社員指導的其中一支球隊，在地區大會上奪得冠軍。這些小朋友為表達謝意，親筆寫信給程高每一名社員。

這些信對社員來說是很大的鼓舞，他們從寫給自己的親筆信中獲得了感動。於是，社員第一次清楚地體認到，管理團隊一直以來提倡的「社會貢獻」、「為顧客帶來感動」這些行動的真諦。

接下來，邀請附近私立大學有甲子園經驗的選手，到程高演講的活動也帶來了影響。

每一場演講結束後，社員都主動寫出感想，回饋給講者。其中一名講者喜出望外地邀請社員參加大學的訓練，對方不僅提供指導，還一起打了一場非正式的練習賽。

這完全是意料之外的事。這所大學曾在全國大賽拿下幾次冠軍，也有不少甲子園球員，當然也培養出不少職棒選手。

像程高這樣的無名高中，難得能與如此一流的私立大學進行友誼賽。雖然結果可想而知輸得一塌糊塗，但社員見識到如此高水準的球隊實力、深受激勵，也留下畢生難忘的寶貴經驗。

影響不只來自校外，棒球隊也從校內得到了不少鼓舞。

原本每週一次的家政社試餐會，後來發展為每日舉辦。天氣好的日子，管樂社到球場為棒球隊演奏加油曲目。多虧他們的支持，棒球隊的訓練始終能有美味料理和令人開心的音樂相伴。

一陣子之後，啦啦隊也來到了球場，在管樂社旁邊練習。這其實是小南暗中牽線的，社員見到如此振奮人心的畫面，練起球來也就更賣力了。

為了夏季大會，棒球隊一天比一天更投入比賽的心理準備。在最後的一個月裡，這股士氣猶如怒濤匯聚，蓄勢待發。雖然處於逼近極限的刻苦訓練中，但求勝的意志力也前所未見地強大。

七月，夏季大會只剩下一週，迫在眼前。

這一天，棒球隊公布了比賽的先發陣容。加地選在訓練結束的傍晚，把所有社員都集中到球員休息區前方。加地一個一個唱名，並分派球衣號碼。

「接下來要宣布先發陣容名單，叫到名字的同學請到前面，領取球衣。」

加地才開口，社員們馬上緊張起來。

「在這之前，我有一件事要先宣布，隊長，請你到前面來。」

隊長星出純來到了全體社員前面。

大家開始交頭接耳，教練分派球衣背號前請隊長出來，這是從來沒有發生過的事情。

等鼓躁的氛圍靜下來後，加地開了口：「星出不當隊長了。」

緊接著，此起彼落的「咦？」聲比之前更嘈雜。加地接著說明：

「星出沒有要退社，他還是跟以前一樣與大家一起努力。這是我跟隊長商量後的決定，他本人也希望這樣。星出卸下隊長職務後，會更專心地當個球員，發揮他的實力。對吧，星出？」

小純默默點頭。加地接著說下去。

「那麼，現在宣布新隊長，新隊長的背號是10號，請這位同學到前面來領取號碼。」

在一旁的文乃把10號球衣遞給了加地，加地亮出了10號。

原來交頭接耳的社員們突然安靜了下來，等著加地宣布名字。

「新隊長是——二階正義。」

大家一陣歡聲雷動「哇噢！」轉頭尋找正義的身影，但始終找不到。正義並不在球員之中。

正義不是球員，而是與其他經理一起，他就站在小南身邊。聽到加地宣布的人選後，驚訝地張著嘴巴、睜大眼睛，遲遲無法相信這突如其來的轉變。

正義受寵若驚，他事前根本不知道自己會被指派為隊長，更沒有想過有機會再進入正式球員名單，所以他不與球員站在一起，而是站在管理團隊裡。

大家找到正義後，以意味深長的眼神看著他，正義仍在發呆，還反應不過來。他不敢置信地環顧社員，最後看了站在身邊的小南。

小南看著正義。

「喂，教練叫的是你啊，快去吧！」

正義終於回神過來。

「哦，嗯。」正義怯怯地往前走。走到加地面前時已不再失神，但神情很不自然，看得出來腦子裡仍在試著理解眼前的事。

加地把10號球衣遞給了正義。

「恭喜你，新隊長。」

正義依然一副不知所措的樣子，雙手接下了球衣。

下一瞬間，全體社員以響亮的掌聲為正義喝采。那可不是隨便拍拍而已，掌聲裡充滿了強烈的熱情與發自內心的肯定。

正義的心情五味雜陳，情緒一時之間無法控制，用剛才拿到的球衣遮蓋住了臉。社員開始捉弄正義，掌聲一次比一次大聲。正義更加難為情，遲遲不敢抬起頭來。

看著這樣的正義，小南心裡突然湧現一股「我們的隊伍一定可以打進甲子園」的預感。

目前為止，小南再怎麼期望把程高棒球隊帶進甲子園，都始終無法有此刻的確信感。因為她內心始終擺脫不了「真的辦得到嗎？」的疑慮。但眼前這一刻，她的直覺非常強烈。

連小南自己都驚訝了起來。不知不覺「啊」了一聲，看著依然淚流不止的正義，還有以掌聲包圍著正義的社員，直到太陽落下。

◉第七話

真正重要的時刻才要開始

25

翌日是夏季大會第一場比賽，小南再次去看了仍住院的夕紀，告訴她前幾天加地宣布正式名單時的預感。

遺憾的是，夕紀沒能在比賽前出院。阿姨說，夕紀身上的關鍵數值一直降不下來。說起來，夕紀住院也已經一年了。

小南非常失落。畢竟，夕紀能來觀賽才是她真正的願望。

但探病的這一天，小南收拾起低落情緒不讓夕紀看到，盡量展現開朗的樣子，兩個人一起聊了棒球隊的近況。

「我真的有這樣的預感，棒球隊一定可以打進甲子園，我的預感通常都很準，妳知道的，從小就是這樣。所以，在程高進軍甲子園之前，夕紀也一定要好好養病。」小南一臉認真地說。

夕紀笑答「好啊」，沉思了一會兒，表情轉而凝重。小南懷疑自己是不是說了什麼讓她不舒服的事。夕紀把頭抬起來，慢慢開口。

「小南。」

「唔？」

「我……我之前不是跟妳說過嗎？加入棒球隊的理由。」

「啊，嗯……」

這下換小南面色凝重了，因為夕紀的這番話，再度讓她想起當時複雜的心情。

但夕紀不管小南，接著說下去。

「單是要把加入棒球隊的理由說給妳聽，就花了我好長的時間，但後來想想，還有一件事。」

「……是什麼呢？」小南有些心虛地問。

「嗯……」夕紀又猶豫了一下。「該說的我還是要說，要是悶在心裡不說，一定會後悔。我再也不要後悔了。我，我再也不想後悔了！」

「咦？」小南很疑惑，一下子無法理解夕紀想說什麼。「妳還好吧？是不是發生了什麼事情？」

夕紀搖頭。

「沒有啊……沒什麼特別的意思。只是覺得之前我把話悶在心裡不說出來，吃了不少苦頭……所以我做了決定，想說什麼就勇敢說出來，讓自己好過一些。」

小南聽了開始擔心起來。

「我是不是說了什麼讓妳不舒服的話啊？」

夕紀著急著解釋：

「沒有，妳別這麼說。剛好相反，我反而很感謝小南。」

「啊？」小南聽到夕紀這番話後，感到驚訝。「為什麼？」

夕紀語氣停頓了一下，像斟酌著字句似的，慢慢地說出口。

「我啊，真的、真的感謝妳，小南，妳帶給我感動。」

「……妳，指的是小學時候的事情嗎？」

「不，不是。」夕紀連忙搖頭，「我是指妳替我擔任棒球隊經理後所發生的事，這一年來，我因為妳而感動。」

小南默默地聽夕紀把話說下去。

「這一年來，我真的一直深深被妳打動，這從心底湧現的情緒，猶如小學時的那次感動。這一年的時間，看到小南為棒球隊做了好多事情，我大多時候都很開心、滿懷勇氣、也很有成就感，收穫非常多呢！」

「……」

「小南一直帶給我感動，妳可是我的英雄啊。」

「……」

「我只是想說這些，」夕紀有點害羞地笑著，「妳可能又會覺得我在說莫名其妙的話，不過這是發自內心的想法。我不想因錯過機會而後悔。對不起，突然跟妳說這些。」

「沒關係，」小南搖頭回應：「我聽了很高興喔。」

「小南真厲害，」夕記說：「這是真心話，妳是一個令人尊敬的朋友。」

小南覺得好像曾經在什麼地方聽過這句話，卻想不起來。她轉換話題，想讓氣氛輕鬆一點。

「但現在高興還太早呢。」

「唔？什麼意思？」

「真正重要的時刻才要開始。程高棒球隊能否打進甲子園，全靠今後的表現。妳現在就激動成這個樣子，要是真的進了甲子園，妳恐怕會克制不住地大叫吧！」

小南帶點開玩笑的語氣，但夕紀似乎不太認同。

「啊，嗯……」

小南看到夕紀的表情，再次不解起來，「妳又怎麼了？」

不知什麼原因，夕紀的神情悲傷起來。

「就算……程高棒球隊在夏季大會就被淘汰，無法攻進甲子園，我也能接受這樣的結果。」

「啊？」小南吃驚地睜大眼睛。「妳這是什麼意思啊？」

「嗯……妳聽我說，我的意思不是球隊輸了也沒關係。若程高能打進甲子園，我當然會非常高興，甚至不曉得會感動成什麼樣子。但萬一，怎麼努力也辦不到的話，我會這樣想，真正重要的東西，不是……」

此刻，夕紀的眼神對著小南。小南則凝視著夕紀，一言不發地聽夕紀繼續說下去。

「我覺得，最重要的不是結果。能否打進甲子園已經不重要了，重要的是過程。為了甲子園，大家團結在一起，認真接受訓練，這個過程比結果更加重要。所以……」夕紀用充滿感情的眼神看著小南，「不管接下來是什麼樣的結果，我都能夠接受。因為，無論是哪一種結果，都已經無法改變小南帶給我的感動了。」

小南始終默默地聽著。

接觸管理這一年來，有無數次陪同探病面談的經驗，小南親身體會到聆聽的重要性。所以，夕紀說話時她一直沉默著，確認夕紀說完後才開口回應。

「夕紀想說的事情，我明白了。」與夕紀一樣，小南慢慢地表達。「妳很關心我，我很高興。」

「那……」

「但——」

兩人同時開口，又同時停住，一時間氣氛有些不自然，兩人沉默了幾分鐘。過了一會兒，夕紀用眼神示意小南說話。

於是，小南說：「但是，身為棒球隊經理，我無法不重視結果。」

小南從包包裡拿出一本書，是這一年以來反覆閱讀，早已翻爛的杜拉克著作《管理》。

她翻到書中的某頁，帶著歉意、卻很認真的眼神看著夕紀。

「《管理》是這樣寫的。」

組織必須把內部成員及大家關切的內容轉為成果，成果才是所有活動的目的。我們必須增加的是有作為的經理人數量，而不是專家或行政官員，這些經理人的任用標準不在管理技巧或專業能力，而是成果和績效。

要是認為努力比成果重要，就會過度著重專業技能。不是為了工作而工作，是為了成果而工作。就像鬆弛的贅肉產生不了力量，我們應該把工作能力和企圖心放在未來，而不是滿足於過去的成績。（二〇〇頁）

「所以，我不能同意努力的過程比成果重要。」

「小南……」

「因為，這在替自己找藉口、是不真誠的。」小南說。

「身為經理，我有責任使棒球隊獲得成果。帶棒球隊打進甲子園，就是我的責任。」

小南毅然決然地對夕紀說。

「在這個職位上說出『過程比結果重要』的話，是有愧職守的。」

26

第二天，夏季大會開打。這時候誰也沒有預料到，高校棒球的創新旋風，會來自「程高傳說」。

這一切開始得相當平靜。

棒球隊的高階管理團隊，在夏季大會開打之前，已經預測了所有可能發生的不確定性，也及早擬出對策因應。為了「打進甲子園」這目標，棒球隊前前後後做了不少調整。

過程中，最令人擔心的是「缺乏經驗」。程高棒球隊根本沒什麼正式比賽經驗，過去最好的成績是闖進十六強，但這是二十多年前的往事，而且就這麼一次。對於這樣的程高來說，一路連勝根本是前所未有的事，是未知的領域。

為了彌補經驗上的不足，管理團隊盡量安排練習賽，但仍比不上在正式比賽中獲勝的實戰經驗，不紮紮實實地打贏過，是無法真正體會的。「缺乏經驗」很有可能成為程高棒球隊甲子園之路中的一大阻力。

經驗不足的問題在比賽應戰時就會浮現，甚至會因為緊張而自亂陣腳，無法展現原本的實力。這一點對程高很不利。為了避免這一點，最好能夠拉開比數，搶得先機。

因此，加地明確地指示，傾全力搶下大量分數，以拉開比分的方式讓比賽提前結束。

這聽起來很像天方夜譚，但加地教練是認真的，並向社員表明其堅定的決心。加地希望每一場比賽都能以提前結束的方式獲勝。

首場比賽的對手，是默默無名的私立學校。

加地指示球員全面進攻，只要對方投手投出好球，就毫不猶豫地揮棒；只要上壘，就拚命盜壘。連守備也採「趨前防守」，所有野手往前走兩步，站在前方接球。打擊當然不能用犧牲短打戰術，所有棒次都要打到球。

這場比賽中，「失誤」則是另一項課題。一旦習慣了失誤的發生，後續比賽就能不慌不忙地穩住陣腳。

果然如此。首戰中棒球隊發生了三次失誤、四次盜壘失敗，但比賽以十二比二獲勝。打擊火力則從第一局就爆發，接著幾局也毫不留情，比賽在第五局提前結束。

在夏季大會之前，有一件棒球隊沒能完成的事情：探病面談。

探病面談本來應在六月之前結束的，但由於夕紀的身體狀況一度惡化，有一段期間不能接受任何訪客。最近好不容易恢復了些，但面談進度已經大幅落後。

小南認為，這是個好時機。因為還沒輪到面談的就是先發的九名球員，所以，在比賽開始後進行面談，也能讓夕紀分享比賽的戰況與激昂的氣氛。

——透過探病面談，希望夕紀也能心生與選手們一起打拚的鬥志。

這是小南繼續安排面談的用意。

接下來的第二、三場，程高都輕鬆地提前終結對手，取得勝利，挺進了第四輪比賽。

然而，目前還沒有人注意到程高的表現。因為程高的成績並沒有特別突出。前三場比賽雖然都以提前結束獲勝，但失誤次數也不少，沒有做過任何的犧牲觸擊，盜壘失敗也很常見。

一看就知道程高打得很粗糙，雖然很有氣勢，卻不夠細膩，所以幾乎沒有人關注。但如果仔細觀察這粗糙背後所隱藏的奇妙數字，就能分析出一番道理。

這三場比賽，程高投手的投球數非常少，打者被四壞球保送上壘的比例卻很高。

沒有人看懂這些細節。接著而來的第四場比賽，似乎是夏季大會的難關。對戰學校是打進甲子園不少次的私立棒球名校。

因此，這場比賽除了一般球迷外，包括媒體與其他學校球員，也都為了爭睹對手的強勁表現前來觀賽。卻沒想到，後來竟不由自主地被程高的氣勢所吸引。

大家首先注意到的是程高的支持者陣容非常強大。程高這一方的觀眾數量遠比對手多出一倍，幾乎座無虛席。觀眾席上，不僅是穿著制服的同校學生，還有教師、家長、一直受社員指導的少年棒球孩童們、為社員演講的私立大學學生，全都到場為程高棒球隊加油。

此外，加油團的盛況更是空前。比賽開始後，管樂社一直演奏著熱鬧的音樂，啦啦隊充滿青春活力的表演，博得滿場歡聲。加油團不斷為棒球隊喊叫打氣，適時地炒熱氣氛，為場上九位球員增添信心。

最引人注目的是輪到程高防守時的加油歌。這場比賽，先發出場的慶一郎在三局下首次遭遇危機，原本安靜的球場，忽然間響起了歌聲，原來是程高管樂社暫時放下樂器，帶領全場大合唱。

這是慶一郎最喜歡的一首歌。之前，慶一郎對管樂社說，在遇到危急關頭時，會哼起自己最喜歡的歌。所以管樂社在那個當下帶動全場清唱，鼓勵慶一郎。

合唱安定了慶一郎的心，擺脫了這個險局，後繼依然能壓制對方，讓對方的打擊火力施展不開，最後抱蛋而歸。

程高棒球隊最終只攻下四分，雖然未能提前收拾對方，但仍以四比零驚豔全場。這也是程高首次打敗私立棒球名校。

接下來的第五場比賽依舊提前結束，程高躋進從未打進過的八強之列。其他闖入八強的全都是呼聲很高的私立棒球名校。一路告捷，終於引得媒體關注到程高的出色表現。

八強的第一場對戰，對手便是這一屆打擊率唯一上看四成，擁有打線集中的冠軍候選強校。

這天擔任先發的新見大輔沉住氣，穩穩地發揮出平日累積的實力，但最終仍沒能有效壓制對手的猛烈攻勢，失了八分。

但程高的打線發揮超強實力。對方投手是這一屆比賽中，一路解決不少打者的王牌投手。程高打擊者卻能穩住陣腳只挑好球、不打壞球，在第五局之前就讓對方投出一百二十球。第六局，終於逮住機會有八名打者被四壞球保送，加上兩輪打者的炮火猛攻，一口氣奪得十四分，最後以二十比八提前結束這場炮火滿天飛的比賽。

27

比賽結束後，許多媒體圍到程高這一區。夏季大會賽前才受命為隊長，球衣背號10號的二階正義代表程高棒球隊，接受了他們的採訪。

正義對每一個採訪都非常細心回答，以服務精神對應。

早在夏季大會開始之前，管理團隊就針對棒球隊的人事安排，做出了重大調整。

首先，由正義擔任新隊長。這是小南向加地提出的建議。正義自從三月初加入管理團隊以來，工作非常勤奮，為棒球隊提出不少新訓練方案，根本就是社內的點子王。同時多方面進行溝通，一步一腳印地朝目標邁進。

他的努力成果在此刻、也就是夏季大會中充分展現出來。回想六月後，棒球隊能夠集中精神加緊訓練，同時激發看臺上觀眾的熱情，都是正義的功勞。

對棒球隊功不可沒的正義，小南不能忽視，她想給予相應的肯定。《管理》裡提到：

> 管理者必須清楚認知，為了高度維持以成果為核心的精神，必須做好用人、薪資、升職、降級、解雇等人事方面的決策，這才是最重要的管理。這一人事決策深深影響著工作者的行為方式，而不是數字及報告。人事決策向組織成員暗示了，管理團隊真正想要的、重視的、獎勵的是什麼。（一四七頁）

對於正義的工作成果，小南很想透過人事決策來回報他，無論如何想讓他重新回到選手團隊，讓他能跟其他球員一起得到一般大眾的認同。

但打球水準比任何人差的正義，加入選手團隊的可能性幾乎是零。於是，小南推薦他擔任隊長，這個適才適任的安排，能讓其他球員了解誰是管理團隊真正想要、重視、真正要獎勵的對象。

同時，因為身兼隊長而備感困擾的星出純，肩上的負擔也得以解除。

小純是程高棒球隊中不可或缺的人物，他正直的人品受大家尊敬，原本是再適合不過的隊長人選。唯一的問題是他不喜歡當隊長。他原本是為了測試自己的球技才加入棒球隊，只想專心打球，隊長的任務對他來說是個沉重的負擔。

總之，小南向加地提出的人事異動建議，同時解決了正義和小純兩個人面臨的問題，並能讓他們發揮各自的擅長。

這一項異動給棒球隊帶來了兩個啟示。

首先，管理團隊成員不必具備優異的棒球實力。其次，只要社員做出成果，管理團隊一定會給予相應的肯定。這次人事異動，對球隊成員起了很大的鼓勵作用。

另一項重要的人事決定是，朽木文明正式退出先發九人陣容。

在夏季大會之前，文明經由訓練大幅提高了跑步的速度和水準，若在田徑隊絕對能夠參加全國短跑比賽，但打擊和守備能力並沒有進步。於是，加地提出讓他退出先發陣容，改為替補球員，而把一年級的田村春道分配到文明原來的左外野手位置。

這項人事安排也是管理團隊精心思考過的決定。不是要文明離開棒球隊，而是期許他在比賽的關鍵時刻擔任代跑，使他最擅長的短跑能力發揮到極致。

就這樣，文明被告知退出先發，儘管曾「對自己屬於先發九人感到困惑」，他依然有些失落。但加地解釋了新安排的用意後，文明便打起精神，為下一個任務做準備。

加地要求文明在有人上壘時擔任代跑，搗亂對方的防線。教練要他不只是盜壘，而是多離開壘包幾步，讓對方的投手和野手的壓力升高。

文明因此交出了漂亮的成績。

那場以二十比八大勝的八強賽裡，最後一口氣拿下十四分的六局上，程高原本仍以六比八居於劣勢。加地在這關鍵時刻讓文明站上一壘代跑，一上場的他立刻很挑明地遠遠走離壘包，頓時讓投手倍感壓力。

文明的離壘跑法最大的特色，就是一副量步伐似地大步走，一共邁出七步。這樣的舉動格外讓投手飽受干擾，根本不能專心控球。

離壘時，文明會數「一！二！三……」加油團注意到這一點，看臺區也大聲跟著文明唱和。這讓投手更加頭痛，心裡七上八下。對方的控球力在這一局徹底瓦解，連續投出三個四壞球保送，文明根本不用施展跑壘速度的實力就被送回本壘了。

緊接著，準決賽開打。這場比賽的對手擁有職棒等級的實力派投手，不愧是私立棒球名校。

先發投手是慶一郎。至今為止，程高堅持做到「有效判斷好球與壞球」作戰計畫，消耗對方投手體力，削減其專注力，最終一舉攻下大量得分。

但這個戰術在這場比賽裡恐怕起不了作用，對方投手畢竟是總能把球投入好球帶的實力派，投出壞球的機率估計不高。因此，加地指示投手要好好壓制對方的打擊進攻。

慶一郎的表現非常精彩，始終壓制住對方的打擊火力。程高在第一局先搶下一分一路領先，一比零，進入到第九局下半場，對方最後的進攻機會。

程高至今的打法一直是加地提倡的「大勝」，而沒經歷過比分差距小的纏鬥。這場比賽對程高來說是第一次勢均力敵的比賽，球員顯然比平時更加緊繃。

在這艱困的局面下，站在投手丘的慶一郎始終冷靜以對，穩住自己的控球。慶一郎在一分之差的極度壓力下，一路撐到最後一局。他首先小心翼翼地對應第一名打者，被打出二壘方向滾地球，刺殺於一壘。

第二名打者，慶一郎繼續投出好球，對方揮棒打成滾地球，但游擊手祐之助沒接好，失誤再現。

本來應該兩人出局、壘上沒跑者的局面，變成了一出局一壘有人。不過，這種突發事件對程高棒球隊來說是家常便飯，他們早做了無數次的「不怕失誤」訓練。訓練效果很明顯。失誤的祐之助神色自若，不像之前會臉色瞬間蒼白，他跑向慶一郎致歉，表示會保持冷靜。慶一郎也以笑容回應了祐之助，完全未顯出焦慮。場上的其他野手同樣調整好姿態，專心對付下一名打者。

慶一郎又讓下一名打者打出游擊方向滾地球，絕佳的雙殺機會，所有人幾乎要大喊「贏了！」的瞬間，祐之助再次失誤。他把球傳向二壘時傳偏了，使對方兩名跑者各往前推進了一個壘包。形成一人出局，二、三壘有人的局面，如果下一名打者擊出安打，程高就有可能輸掉，比賽陷入最令人緊張的成敗關鍵時刻。

整個球場忽然騷動起來，祐之助這次無法靜下心來了，臉色慘白。其他球員不知如何安慰，球隊的士氣一瞬間跌到谷底。

看著眼前這一刻，小南之前最擔憂的事果然發生了。正式比賽經驗的缺乏，以及勢鈞力敵帶來的心理壓力，在這一刻完全暴露出來。

程高沒有退路，只能勇敢地面對現實。強棒第四棒站上打擊區，捕手次郎向休息區發出暗號：「應該故意四壞保送，造成滿壘殘壘，這樣比較好吧？」

但加地教練從一開始就心意已決。

要用原戰術跟對方一決勝負。加地意志堅定，自始自終堅持的「不投壞球」作戰計畫，不能在這個關鍵時刻改變原則。

收到暗號指示的慶一郎點點頭，全力以赴以好球對決。打者錯估了球路，揮出內野方向高飛球，球飛到游擊手祐之助的位置。本來趨前幾步防守的祐之助，為了接住球而退後了幾步，但他的腳步凌亂，緊張得直發抖，最後竟在眾人眼前摔倒了。

那一瞬間，整座球場的觀眾都發出「啊！」的驚嘆聲，坐在休息區的小南冷汗直冒，眼前一片黑暗……不僅是小南，其他人也像烏雲罩頂般，絕望瞬間籠罩了程高棒球隊，文乃，更是嚇得呆住了。

但下一秒，發生了誰也沒預料到的事，不知從什麼地方衝過來的人影，飛身撲接住這一記高飛球。原來是替補文明左外野手位置的一年級新生田村春道。

他衝進內野在游擊手防區牢牢接住這一記內野高飛球後，立刻起身踏住二壘壘包。

危機解除，比賽結束。看到祐之助摔倒後，二壘跑者因為離壘包太遠，來不及回壘而出局。

球場觀眾一下子歡聲雷動，休息區的程高球員更是欣喜若狂。在這情勢逆轉的勝利下，唯獨小南一個人有著不只是開心的感受。

小南注意到，程高篤定獲勝的那一刻，朽木文明以驚人的速度跑出休息區，抱住了表現精采的春道。

對文明來說，春道明明是搶去他先發九人位置的敵手。春道表現得越好，表示自己能先發出場的可能性越低。即使如此，文明看到春道驚險地救火成功，卻比任何人都高興，甚至比春道本人還開心。衝向春道的文明，直率地表現出難以控制的激動，甚至抱起了春道。

看到這畫面，小南意識到，人有時候是不可思議的，團隊的力量是很偉大的。

28

準決賽結束後，程高棒球隊與平時一樣回到學校召開檢討會。檢討會結束後，緊接著管理團隊會議上正義發表了看法。

「明天，最好不要讓祐之助上場了。」

正義的主張其來有自。

「我們看得很清楚。祐之助在情勢緊張時的表現非常不穩定，在關鍵時刻容易犯下致命的失誤。今天的比賽，幸虧有春道的精采搶救，否則就輸定了。明天那一場恐怕比今天更難打，祐之助失誤的可能性很大呢！」

文乃表示贊同。

「我同意隊長的意見。祐之助緊張時就會失誤，是他的弱點。組織應該要將優勢最大化，降低劣勢。明天決賽應該找其他球員替補他，這樣才能順利達成『打進甲子園』的目標。」

加地一直默默地聽著，轉身看了小南。

「川島，妳怎麼想？」

此時此刻，小南的思緒不停翻湧著，一邊聽著正義和文乃的意見，一邊努力回想《管理》一書的內容。

——《管理》是怎麼解答這個問題呢？有答案嗎？如果是彼得．杜拉克，他會怎麼處理這樣的局面？

然而，小南始終想不起任何內容，腦袋裡一片空白。

其實小南也覺得正義和文乃的主張很有道理，無可反駁。

——可是……

小南無法擺脫一種感覺，是與往常一樣的直覺。這直覺告訴小南不能把祐之助換下來。

小南慢慢開口。

「你們說的都有道理。可是……我在想，去年秋天那場比賽慶一郎因為投不出好球而被換下來，後來發生了什麼事？」

小南向試著向大家說明下去。

「如果那時候慶一郎因為投不出好球而被大輔取代，我想就不會有今天的慶一郎了。是不甘心的心態讓慶一郎脫胎換骨，對吧？」

小南凝視端坐的與會者，語重心長地說。

「我是這樣想的，正是因為教練沒把投不出好球的慶一郎換下去，才有了今天的慶一郎和棒球隊。所以，我仍想讓祐之助先發，將來有一天回想起來，我們一定會認為今天的決定是正確的。」

「可是——」正義插嘴說：「慶一郎當時是秋季大會，就算輸了還有時間重來，但這次是夏季大會，根本沒有退路了，對快要畢業的我們來說，這是最後一役。如果輸了，就再也沒有機會了，不是嗎？」

聽完正義的話，小南不得不沉默下來，其他人也不發一語，這樣的無聲持續了一陣子。

終於，小南再次開口。

「可是——」與其是說給大家聽，更像是說給自己聽，「就算可能會輸，我們還是要相信他之後會進步而繼續任用他，這才是我們管理團隊該做的事，不是嗎？」

最後，加地做出決定，隔天的比賽繼續讓祐之助上場。

即使如此，小南的心情仍然沉重，無法確定自己的判斷是否正確。

——明天的決賽，還是有可能因為祐之助失誤而功虧一簣。若是惡夢成真，我到時候會不會後悔呢？

無法回答的疑問重重地壓在小南心頭，她越想越沒信心。

小南這時候很想跟找夕紀商量，她上週剛剛完成祐之助的探病面談，應該很清楚祐之助的處境，也許能提出好建議。

於是，小南拿出手機打算傳簡訊給夕紀，這才注意到，三十分鐘前有夕紀的未接來電。

真奇怪，住院的夕紀通常是發簡訊，幾乎不打電話的。小南有點擔心發生了什麼事，於是回撥。

——小南一邊聽著夕紀的手機答鈴一邊想，或許，她也擔心祐之助的狀況，正想打給我說點什麼吧。

◉第八話

出乎意料的一球

29

兩個小時後，小南在市立醫院的大廳裡，幾乎所有社員都來了，整個大廳就這樣聚滿了棒球隊社員。

次郎從門口衝進來，走向小南。

「夕紀到底怎麼了？」次郎焦慮地問。

坐在沙發上的小南慢慢抬起頭，帶著一點苦笑的表情回應：

「怎麼這麼晚？」

「對不起，我很晚才發現有未接電話，來晚了。夕紀到底怎麼了？狀況還好吧！」

小南嘆了口氣說：

「醫生說今晚是關鍵。」

「關鍵？指的是？」

「我也不知道，他們只說了『關鍵』而已。」

「正在開刀嗎？」

「不是，」小南搖頭說，「現在夕紀的親戚在病房裡為她打氣。」

「打氣？什麼意思？」

「阿姨這樣交代的，說為了讓夕紀振奮精神，請大家到醫院集合。他們說完之後，就換我們了，阿姨要我們先在這裡等著。」

次郎表情嚴肅起來。

「關鍵，不就表示今晚是生死關頭嗎？這時不急救只打氣，不是很奇怪嗎？」

小南也顯得心煩意亂了。

「我已經說了我不知道嘛，有什麼意見就去跟阿姨說呀。」

正好這一刻，夕紀的母親宮田靖代來到了大廳。

「阿姨。」小南站起來往她的方向走去。

「小南。」靖代帶著疲倦、毫無精神的微笑。「對不起，讓你們久等了，都準備好了，各位進來見一下夕紀吧？」

由於病房空間有限，社員就分組探望，一次五個人進來。

第一組是小南、次郎、文乃、正義以及加地。

走進病房，一位似乎是來幫忙照顧的親戚鞠了躬後，走了出去。病房裡沒有其他人，醫生、護士都不在。

帶路的靖代轉身向大家說明。

「今天謝謝大家來。請各位對她說幾句告別的話，好嗎？她已經沒有意識了，但應該還能聽得見。你們對她說說話，我想她一定很希望聽到你們的聲音。」

「啊？」小南提高了音量，「阿姨，您在說什麼？今晚不是關鍵嗎？」

靖代凝視著小南的眼睛。

「夕紀已經不行了。醫生已經宣布了，不是今晚就是明天。所以，要我請你們過來看看她。」

「啊？阿姨，我不知道您在說什麼。怎麼回事？這不是很奇怪嗎？關鍵不是指還有一線生機嗎？」

小南發瘋似地逼近靖代身旁。次郎對小南說「妳別這樣」，拉住小南的肩膀，小南把手推開。

「阿姨，您在開玩笑嗎？不可能的。怎麼會這樣呢？前幾天夕紀還好好的，很有精神……昨天，我們還傳了簡訊。對吧，夕紀。」

小南第一次仔細看了躺在病床上的夕紀的臉，一股冷顫順著背脊冒上來……病床上躺著的，不是小南熟悉的夕紀，是她從沒見過的夕紀，她的臉色像紙一樣蒼白，奄奄一息。

她看起來比死人還沒有活力。小南曾經歷過爺爺的過世，但從沒看過活著的人這樣毫無血色。

「夕紀，妳別這樣，妳是騙我的，對吧？」小南的臉一陣慘綠，盯著不確定有沒有在呼吸、一動也不動的夕紀。

「妳別開玩笑了。我們……我們不是說好了嗎？要一起坐在甲子園的休息區看大家比賽啊。只要數值降下來，妳就可以能出院了，不是嗎？夕紀。」

小南俯身靠近夕紀，大聲地說：「跟我說妳還在啊，妳沒有放棄吧？妳是不會向疾病低頭的，不是嗎？妳比我堅強多了，妳可是一路跟病魔奮戰過來的，既然之前都能贏，這次也不會輸的，對吧？夕紀！」

這一刻，夕紀的眼皮微微地動了一下。

「夕紀！」小南衝動地大叫。

「夕紀，妳真的聽得到對吧？妳還沒有放棄，仍然在奮鬥喔。是啊夕紀，現在還不到放棄的時候，再努力一下好嗎？會贏，一定會贏的。我們也會贏，所以妳也要贏，好嗎？我們就要打進決賽了，默默無名的公立高中打出這樣的成績，大家都說是奇蹟，但不是的，是我們做了該做的事。夕紀，妳是最了解的啊，所以，不要放棄，好不好？跟我們一起拚到最後，好不好？決勝的時刻才要開始呢——」

「小南，請妳別再說了。」

說這句話的竟然是靖代，小南吃驚地轉過頭看著她，靖代張開雙臂抱住小南。

「小南，拜託妳原諒她，好嗎？」靖代的淚珠不斷落下，強自鎮定地看著小南。「對不起，小南，我一直瞞著妳，沒有把實情告訴妳。她真的不行了。去年住院的時候，醫生說時機已晚，救不了，她活不過三個月。」

「唔……」小南突然全身無力，只能呆滯地聽靖代說下去。

「但她很努力地活下來了，撐到今天。她一直拚命活著，跟病魔搏鬥了一年。原來說三個月，她最後活了一年。」

靖代激動地哽咽。

「小南，是妳讓她撐下來的。一切都感謝妳啊，小南。她最後的這段路有妳陪伴，走得很燦爛、很開心，也很有意義。真的很感謝妳！」

小南依舊無神地注視著靖代。靖代緊緊擁抱小南。

「小南，多虧了妳，夕紀這一年過得很開心、很有活力，也非常充實。她努力了，真的很努力了。但小南，已經差不多了，到極限了，她無法再努力，她已經累了。這一年，真的是很艱苦的奮鬥，真的。妳原諒她，好嗎？她真的只能走到這裡了，請妳原諒她。」

「啊……」小南看著早已泣不成聲的靖代，「阿姨，我……」

靖代再次緊緊抱住小南，「小南，對不起，我不該對最應該感謝的人說出這種話，對不起，真的，對不起……」

靖代不停地掉著眼淚，拚命向小南道歉。

30

所有隊員向夕紀告別後，依然待在大廳不願離去。但醫院的休診時間就要到了，社員們只好離開。九點過後，幾乎所有人都回家了。

但小南堅決留在大廳。於是次郎也留下來陪她，最後只有有他們兩人待在醫院。

兩個人從大門口附近的大廳挪到另外一棟樓的大廳，坐在沙發上，離得有一點點距離。

小南始終不發一語，低著頭想事情。次郎也沉默無言，雙手交叉，偶爾起來走動一下，留意小南的狀況。

約莫凌晨三點，小南突然喊了一聲「啊！」

「怎麼了？」次郎回應。

一陣漫長的沉默後，小南用顫抖的聲音說：「我之前對夕紀說了很不應該的話。」

「唔？」次郎讓她喘口氣，才發問。

「妳說了什麼？」

「……我對夕紀說，重要的不是過程，而是結果。」

「咦？」

「夏季大會開打之前，夕紀曾對我說，棒球隊應該最重視的是過程，而不是結果。」

「嗯。」

「我反駁說，管理者若只追求過程，不重視結果，這樣的管理者是不真誠、有愧職守的。」

「……」

「我……怎麼會說出這種話呢！」

小南陷入無聲的自責，再也沒有開過口，次郎則靜默地陪在一旁。

夕紀在清晨六點多離開人世。最後一刻，就像燒盡的燭火般慢慢地、慢慢地，沒有了呼吸。

小南和次郎並沒有見到她的最後一面。醫生宣告死亡後，才讓兩個人進入病房。

沒想到，小南看到夕紀的臉比昨天更有光澤，帶了幾分生氣。

小南再一次明白了，夕紀一直是奮戰過來的。那是大家無法想像，既痛苦又艱難的一段路程，現在終於解脫了。

到了九點，全體社員來到醫院。這一天不若以往在學校集合，而是在夕紀住了一年的醫院集合，接著直接前往決賽現場。

夕紀去世後，很快地就被送往附近的寺廟。所以，除了小南和次郎之外，其他社員都沒能見到她最後一面。

社員們沒有人說話，大家都不知道該怎麼面對這狀況。

加地領著這群深受打擊的社員，來到大廳旁的停車場。這一天是個令人難受的炎熱天氣。停車場旁邊的雜木林裡，蟬叫聲無視社員沉重心情似地震天響著。

停車場的地面反射著刺眼的陽光，在光站著就滿頭大汗的大熱天底下，呆滯地佇立著。

加地看著社員說：「宮田已經被送到寺廟裡。今天是告別儀式，明天下葬。」

加地似乎還想說些什麼，卻說不出口，向站在一邊的正義交代了任務。

「隊長，拜託了。」

「沒問題。」往前走了一步的正義環視全員，正經地宣布。

「今天是決賽，是我們一直以來努力的最大目標，一年來，我們不辭辛勞地訓練，為的就是打進甲子園，今天是非常重要的一場比賽。」正義吞了一口氣，繼續說著：「在如此重要的日子裡，一位最珍貴的朋友離開了。她是我們管理團隊、也是整個棒球隊最重要的人。」

正義再次掃視全場。「請大家好好思考應該怎麼看待她的離開，想想她生前最希望我們達成什麼目標。所幸，她過世之前跟我們每一個人都談過話，要找出這個答案並不難。今天，我們該做什麼、哪些事非做不可，大家都很清楚。每個人感傷歸感傷，但今天，我們要全力以赴，完成她的心願。為了她，今天我們要抬頭挺胸面對比賽；為了她，我們要把今天的比賽——」

「已經沒意義了！」

突然另外一個聲音響徹整個停車場。所有人都吃驚，到底是誰打斷隊長的精神喊話，大家望向聲音來源，瞠目結舌。

原來是小南，臉上掛著荒謬可笑、彷彿正義是笨蛋的神情。

「夕紀已經死了，為她而戰還有什麼意義。」

「妳閉嘴！」出聲制止的人是次郎。他走到小南旁邊，怒氣沖沖地瞪著她。

小南大聲回嗆。

「你也給我閉嘴！」

「我們都在做白工。這一年來全都白費了。什麼都沒有了，完全沒有意義。我為了她努力學管理，為了她當經理，但我一直是這麼任性、自以為是，一味地為難她，給她帶來困擾，是我讓她陷入痛苦的深淵。我對她的期望太高了，所以，她……她……本來三個月就可以安心解脫的，是我讓她痛苦了一年。」

「妳錯了，不是這樣的。」正義回嘴。

小南怒視正義，尖聲吼著。

「錯了？你告訴我啊，我說錯了什麼?!這一切完全沒必要的行動，都是我的自作聰明，以為是為了夕紀，實際上是讓她痛苦。我什麼也沒做對，最不懂行銷的就是我，我才是不及格的經理。」

「不對，妳是個貨真價實的經理！」

但小南繼續怒視正義，嘴角浮現一抹不屑的笑意，開始嘲諷自己，「你呀，根本什麼都不知道。想不想聽聽真相呀？我若說出真話，你還會這樣認為嗎？」

「喂！別說了。」一旁的次郎插嘴說。

小南根本不聽次郎的勸告，繼續說下去。

「我……其實是個痛恨棒球的人。」

「別說了。」

「這種世上最蠢的運動，是我最厭惡的東西；無聊得要死的棒球，讓我打從心底討厭，我一聽到棒球就反胃。」

「叫妳別說了。」

「怎樣？嚇一跳了吧？儘管嘲笑我吧。我這種人當你們的經理，還好意思說什麼正直、真誠，我一直都在騙你們，我真的最、最、最討厭……」

下一秒，次郎突然出手打了小南一個耳光。

被打的小南有些嚇到，往後退幾步，站不住腳，坐了下來。

次郎對小南大喊：「我叫妳住口！」

沒想到，慶一郎跳進來，朝次郎揮了一拳，就在停車場上把他壓倒在地，兩人扭打成一團。其他人急忙衝上前來，想要拉開兩人。

「打得好。」

文乃走到小南身旁扶起她，小南摸著被打紅的左臉頰。

「被他打是我活該。我都說了，我一直在騙你們。」

「不是啦！」正義說。

「不是？你告訴我不是什麼！」小南怒氣衝衝地對正義咆哮。

「我都說了我都一直在騙你們，還有什麼好不是的？」

「我不是這個意思，我是說，我們其實早就知道了。」

「什麼？」

「我們都知道川島不喜歡棒球，是為了宮田才來當棒球隊經理，大家都很清楚這件事。」

小南轉身看了次郎一眼，次郎一副不知情的模樣，搖搖頭。

「我們都是被交代過的。今年四月以後的探病面談，妳不是沒有陪同嗎？所以，宮田就把實情說給我們聽了。」正義說。

「咦？」

小南來回掃視著社員，除了次郎以外，大家都帶著一副對不起的神情看著小南。

「……啊?!」

「宮田全都跟我們說了，她說『小南本來就不喜歡棒球，是為了我才硬著頭皮當上經理。所以，如果我發生了什麼事，小南可能就不想做了』，她要我們一定要想盡辦法留住妳，雖然明知小南不喜歡棒球，但她對棒球隊是很重要的人，是舉足輕重的經理。」

「……」

「所以，我們很都很清楚這件事。」

小南看著正義的臉，再環顧四周，最後眼神落到一旁的文乃身上。文乃帶著悲傷的眼神，直視著小南。

小南渾身無力，「又一次，只有我不知道……」

突然間，小南往停車場出口的方向拔腿就跑。眨眼間發生的事情，誰也沒來得及阻止她。

但有一個人隨即追了過去。是文乃，只有文乃衝出去追小南，兩個人一下子離開了停車場，看不見人影。

「小南！」

著急的次郎也想跟著文乃把小南追回來，但被正義阻止了。

「等等。你別走。讓文乃去追吧。我們現在一定要出發，否則來不及了。」

緊接著，正義轉身看著社員。

「各位，我們到比賽場地去吧，最後一場決賽正等著我們。」

31

下午一點，比賽開始了。小南和文乃仍不見人影。

決賽的對手是今年春天打進甲子園、事前被各方看好奪冠的棒球名校。不管是攻擊還是防守，堪稱「零死角」，比程高對戰過的學校都強大許多。

程高唯一的優勢是，投手目前累積的投球數特別少，慶一郎的投球數不到對方投手的一半。

然而，從昨晚至今的事情，讓社員身心俱疲，幾乎沒睡。捕手次郎更是幾乎徹夜未闔眼。但大家依然打得很精采，絲毫沒有失常。全都集中精神，沒有露出事前一直擔心的浮躁或焦慮狀態。戰況平分秋色，零比零結束了第五局。

六局上，慶一郎連續被打出安打，丟了三分。

七局上，慶一郎又被炮火攻擊，再丟一分。比數零比四，還形成二人出局、滿壘的驚險局面。慶一郎依然貫徹「不投壞球」作戰計畫，但對方打者一直打出界外球，投球數越多對慶一郎的體力越不利。

這時候，隊長正義向裁判請求暫停，來到了投手丘。

慶一郎對正義說：「你怎麼了？這不是喊暫停的時候啊。」

「我知道……」正義指著休息區對慶一郎說：「她們到了，我只是跟你說一聲。」

「唔？」

聚集到投手丘的球員往休息區望去，看到小南和文乃正坐了下來。

仔細一看，小南把平時不戴的帽子壓得很低，臉上還掛著口罩。

慶一郎問，「她怎麼戴口罩啊？」

「她幾乎沒睡，又哭成那樣，臉色變得很難看，不想讓大家看到。」

「啊，是喔。」

投手丘上的球員才稍微放心，露出微笑。

「還不是因為你打了她。」

慶一郎取笑次郎，次郎反駁：「我也沒睡啊，而且我還被你打了一拳耶。」

比賽重新開始。坐在休息區的小南一邊觀賽一邊困惑起來。

今天早上，小南跑離醫院停車場後，只顧著一路狂奔，總覺得無法再待在那裡，想逃離當下，她想躲到一個沒有人認識她的世界去。

但沒想到，竟然有人鍥而不捨地追著小南，那個人就是文乃。文乃一直追在小南後面，直到她跑不動才趕上她。小南跑了半個小時左右才被追到，沒想到文乃如此固執，累到上氣不接下氣的同時，既驚訝又疑惑，但自己再也沒有抵抗的體力，就被文乃拉回球場。

來到球場，她不知道要怎麼看待這場比賽。夕紀的死忽然間讓小南失去了做這一切的理由，原本設定的目標也不再有意義。所以，程高棒球隊的任何防守與打擊表現，小南都無動於衷。

但看著慶一郎投球，小南回想起他在去年秋季大會上無可奈何地連續投出四壞球，比賽提前結束，敗給了對方的事。

成長了不少的慶一郎，面對兩人出局又滿壘，如此危急的一刻，絲毫不受動搖，信心滿滿地繼續投出好球。對手很難纏，但慶一郎更加堅持，不願破壞不投壞球的原則。

小南的心頭因而震了一下，那是一種複雜的心情，不知不覺地為他鼓掌。一方面傷心仍未褪去，但另一方面內心又忍不住湧現喜悅之情。

慶一郎最後壓制住這名打者，投出了一記三振，靠自己解決了困局。小南忘情地拍手，但發現被文乃看到了之後，就停下了動作。

比賽仍以零比四的比分來到七局下。程高的第一名打者上壘後盜壘成功，形成無人出局、二壘有人的好機會。但接下來的兩名打者都沒打好，演變兩人出局。

下一名打者是第四棒的星出純。小純今天打了兩支安打。但對方故意用四壞球保送戰術避開了小純，因為小純之後的打擊者，今天都沒有安打表現。

接著第五棒柏木次郎上場。他昨晚幾乎沒睡，有生以來第一次這樣。

早上，次郎失去了一位從小一起長大的好朋友，照理來說，他應該身心俱疲，但次郎不知道為什麼就是不覺得累，反而全身上下充滿前所未有的能量。他的前兩次打擊雖然都失敗，但都是因為沒有抓對揮棒的時機，擊出正面飛向野手的球而被接殺。不過他今天卻能清楚地看出對方投手的球路，這是從來沒有過的事情。

次郎步入打擊區之前，加地交代他：「你好好表現，讓對方投手後悔一下。」不過，次郎對對方投手並無敵意，反而是以一種感恩的心情面對，感謝對方能讓他站上打擊區。

次郎站上打擊區後什麼也不想，一方面也是因為腦筋轉得很慢。他只是一心想打中對方投出來的球而已。

第一球是偏低的變化球，次郎在投手投球之前，就猜到了可能的進球角度。

次郎用盡力全力揮棒，一股從身體深處產生的力量，他從來不覺得球棒如此地輕。

碰到球的那一刻，幾乎沒什麼感覺，球恰好紮實地讓次郎敲出去了，劃過左外野的上空，左外野手一步也不動。次郎揮出三分全壘打，比數只差一分了。

32

比賽一直維持三比四，來到了九局下，程久保高校最後的進攻機會。從第二棒開始都攻擊失敗，又輪到星出純上場。

這場比賽小純有著不同的心情，因為對方投手是他國中時的隊友。

想要證明自己的實力，這是最佳機會。因為這位投手進入私立學校後，球技更為精進了，如果交鋒時把他比下去，就是自己實力大躍進的最好證明。

但在關鍵的此刻，這些念頭全都消失了，小純只想上壘，把氣勢延續下去，把得分機會讓給下一棒打者。

——今天，次郎的狀態不錯。

小純很清楚這一點，所以如果自己能上壘，次郎一定能發揮他的實力。

小純看了對方守備的布局，發現三壘手的位置往後退了一點，似乎非常戒備每次打擊都成功上壘的小純。

小純靈機一動，出乎眾人意料地觸擊了第一顆球，這是至今堅持不觸擊原則的程高，在大會上的第一記觸擊。

小純這個舉動，完全打亂了對方的守備，三壘手慌亂之中傳偏了球。小純一口氣衝上二壘，形成兩人出局二壘有人，接下來只要打出安打，即可追平比分。

下一棒打者，是前一輪打出全壘打的次郎。對方球員此刻集合到投手丘，商討對策。

暫停時間結束，大家就定位。捕手一直站著，對方投出故意四壞，保送次郎上了一壘，打算跟第六棒，也就是游擊手櫻井祐之助對決。

次郎上壘，兩人出局一、二壘有人。一直等待上場的祐之助緩緩走進打擊區。

看著他的背影，在休息區的小南心裡有著許多感慨。

——真沒想到在這一刻輪到祐之助。

不知不覺想到上次祐之助在醫院跟夕紀聊天的畫面。三月初，小南探望夕紀時，開門後看到了祐之助。

——小南突然發覺，至今還沒有弄清楚那個畫面。

下一秒，加地叫來正義，在耳邊悄悄說了幾句後，正義跑向主審，說了些事情。

小南吃驚地問加地：「教練，是要換下祐之助嗎？」

加地凝視著小南。

「別擔心，我沒有要動祐之助。就算我被開除，都不會換下他的。」

接著，球場廣播說，程高換下一壘跑者，被保送上壘的次郎下場，換上了朽木文明。

「教練！」

小南睜大眼睛看著加地。加地笑笑地回應小南。

「我一定要讓對方後悔故意投出四壞球。我要證明，故意四壞球在任何情況下都不應該被濫用，這一刻，我們的創新戰術要打破棒球界的認知，證明給大家看。」

說完後，加地起身，向文明悄悄說了幾句話，並對跑回來的次郎安慰了幾句。

次郎回來後在小南旁邊坐了下來。小南想跟次郎說些什麼，但不知如何開口。

「辛苦了。」小南說。

次郎驚訝地看著小南，但下一秒視線隨即回到球場上，說：「比賽還沒結束呢。」

「嗯。」

接著，兩人保持了一段時間的沉默後，次郎才開口。

「妳回來，我很高興。」

「咦？」

「沒想到妳會回來比賽現場。」

「嗯，因為文乃……」

「咦？」

「文乃說服了我。」

「哦，她說了什麼？」

「嗯，回頭再告訴你。只是當我聽到文乃的話之後，突然就沒有力氣再跑了。」

「是喔……也好啦，反正妳回來是件好事。」

比賽繼續進行，球場立即出現不一樣的氣氛。

文明開始大步離壘，一步踏著一步。

站在程高看臺的加油團也跟著大喊「一！二！三……」觀眾席上，田徑隊的小島沙也香等許多人都來到了現場，一起為棒球隊加油。

除了程高的人，所有程高棒球隊的球迷也跟著一起大喊，音量之大甚至震動了球場地板，響徹整個球場。

文明的離壘秀進一步激起了加油團的熱情，他平常頂多走出七步，但這次又多跨了一步，全場觀眾更是高聲喝采。這把投手嚇得不知所措，拚命在一壘及打者之間，兩相觀察。

一回到一壘的文明，總是趁著投手準備開始投球時又大步離壘，觀眾們高聲應和，逼得對方教練不得不喊暫停。

對方教練指示要投手不要在意一壘的文明，並要一壘手離壘包遠一些。因為目前這局面，二壘也有跑者，所以文明不可能盜壘。雖然壘上的跑者離壘越遠，的確有可能趁著安打衝回到本壘，但在領先一分的情況下，投手還是先解決打者，不必理會對方的挑釁。這也證明了，文明給對方造成很大的壓力。

暫停時間終止，比賽重新開始。投手投出第一顆球，是顆變化球。祐之助強而有力地揮棒，但沒打中，揮棒落空。一好球。

小南看到祐之助揮棒，安心了許多。她原本擔心，在關鍵時刻容易緊張起來的祐之助是不是很緊張，而無法拿穩球棒。

但那果然是杞人憂天的想法，祐之助仍有足夠的力氣揮棒。

——這樣倒有些希望了。

小南還在這樣想時，坐在旁邊的次郎忍不住嚷嚷。

「唉呀，不行不行，」然後看著小南說：「唉，他的動作太大了，那樣絕對打不到球，要懂得選對球啊！」

聽到這話，小南覺得次郎還是沒什麼變，老愛說些令人喪氣的話。

——都這個時候了，你就不能直率地給祐之助一點鼓勵嗎？

正當對次郎的話感到刺耳時，小南內心忽然像被一塊小石子敲到一樣，是那種預感！

然後問次郎說：「你剛說什麼？」

「咦？」次郎有點被小南嚇到似地反問：「什麼？」

「剛才你說的話啦！」

——啊！

小南在次郎回答之前忽然想起了什麼，緊接著把視線轉回球場上。

就是這一刻，尖銳的金屬聲響傳來，球被打出去了，一記又強又直的平飛球往右邊飛去。

對方二壘手跳離地面想接住這顆球，球卻飛過手套，往中間偏右方向落在了外野。

祐之助揮棒出去的那一瞬間，一壘跑者文明看的方向不是球的位置，而是二壘跑者小純的位置。

兩人出局的情況下，一般來說，球被打出去後只能拚了命地往前跑。但文明跑得實在太快，很有可能超過前一個跑者，所以文明先確認了小純的位置。

小純已經起跑了，與文明之間也有相當的距離，應該不會超過他。

文明放心了。

——好，這樣就可以全力跑了！

文明開始往前跑，加速狂奔，至今做了無數訓練的他，一下子跑過二壘，抵達三壘，三壘指導教練對他揮手示意。

但文明並未看向三壘指導教練，反而看向三壘另一側的休息區，他看到程高棒球隊員，以及加地、正義全都揮著手，連次郎及文乃也在揮手。

文明加速衝刺，一下子穿過三壘，他一鼓作氣再往本壘衝。

看到小純已經跑回本壘了，文明邊跑邊盯著對方捕手的位置，同時思考往哪個方向滑進本壘。

這是反覆訓練的成果，自從成為代跑之後，文明時常設想這個關鍵時刻，並練習了千鈞一髮情況下的滑壘。

下一秒，文明忽然失去了平衡感，無法做出滑壘準備，步伐搖晃地逼近本壘。

但其實沒有任何事情可以阻擋文明奔回本壘了，祐之助敲出去的球仍沒傳回內野。文明最後撲回本壘，拿下這一分。都立程久保高校奪得冠軍，獲得參加甲子園的資格。

打擊英雄祐之助，站在二壘上親自見證了文明撲進本壘的瞬間。那一刻，他的腦海裡想起夕紀從沒跟別人提過的話。上次他探望夕紀時，她跟祐之助分享了自己為什麼喜歡棒球的理由，那個她一輩子都忘記不了的感動畫面。

祐之助在進入打擊區前忽然想起來，所以故意在第一球，假裝揮棒落空。

接著才對著第二個球奮力往右邊方向一擊。祐之助不記得那是什麼球路的球。只是靜待球接近自己胸前時揮棒。

打擊出去的球在外野來回彈跳，製造了二壘的小純及和一壘的文明陸續奔回本壘的機會。

比賽結束，程高的再見安打以五比四拿下了逆轉勝。看到勝利的瞬間，祐之助在二壘上吐了一口氣，隨之而來的興奮，讓他當場情緒激動到跪倒在地，從休息區衝出來的社員，全都開心地撲上去。

小南瞠目結舌地看著文明衝回本壘，也幾乎呆望著坐在休息區的社員們飛奔而出。次郎一轉眼就跑不見人影，給了祐之助一個大擁抱。唯一留在休息區的正義跟加地相擁著。

看著這一幕幕的畫面，小南滿心複雜的情緒。不知道自己是該開心，還是該難過哭泣。

她只能像石頭一樣呆立於一旁，久久無法動作。

文乃從一旁抱住了小南。早已哭得一塌糊塗的文乃對小南說：

「小南，妳沒有逃跑是正確的決定。」

聽到這句話，小南想起文乃從醫院停車場追出來後，跑了足足三十分鐘，最後才拉住小南。文乃說：「小南，妳不准逃跑，不可以逃跑。」

小南啞口無言，她從沒想過會被原本是落跑大王的文乃這樣糾正。

聽到文乃的話後，她完全沒力氣繼續跑了。於是就被文乃一路拉著，來到正在進行決賽的球場。

今天早上發生的事情歷歷在目，看著眼前的文乃，小南不覺莞爾。

雖然明知這麼做不恰當，但小南還是放鬆了臉頰，不料眼淚卻奪眶而出。

小南本來打算調整心情、咧嘴笑一笑，沒想到竟激動地哭了起來，跟文乃一起相擁而泣。

◉故事尾聲

一週之後，程高棒球隊出席了甲子園開幕儀式。他們在右半邊看臺區下方的入口處，與其他學校的球員一起等待入場。

小南和文乃在旁邊看著選手。電視臺的記者和攝影師突然出現，他們在入場前採訪了各校的球員。

一名女主播訪問了程高棒球隊隊長二階正義。她提出很多問題，最後問到：

「您們想在甲子園，打出什麼樣的棒球呢？」

看著兩人一來一往的過程，小南很好奇正義會如何回應。

是很客套地隨便帶過嗎？還是振振有詞地說出「為顧客帶來感動」球隊的定義呢？或是分享「不打觸擊、不投壞球」的創見呢？

正義思考了一下才開口。

「您希望我們打出什麼樣的棒球呢？」正義這樣回答。

女主播對於這答案完全出乎意料，不知道如何反應。

正義繼續把話完。

「我們很想聽聽大家的意見，我們想透過行銷了解您們的期望。因為，我們的顧客就是您們，我們想知道大家對棒球的想法。我們想以顧客為出發點，打出顧客認為有價值、想要看的棒球，這就是我們想做的事。」

語畢，正義轉身看了小南，開心地微笑起來。

◉後記

您知道杜拉克的《管理》嗎？

《管理》是一九〇九年（正好一百年前！）出生在奧地利，被稱為二十世紀最有邏輯的彼得·杜拉克，在一九七三年、相當於他六十三歲時所撰寫的，是一套關於組織管理的書。從此之後，人們開始研究起管理學，因此，他被稱為「管理學之父」。

其實，我原來並不知道杜拉克這號人物。我在二〇〇五年，偶然間接觸到這套書，產生了極高的興趣，就買回家一口氣讀下去。

讀完後我大吃一驚。這正是我最迫切需要了解的內容。比如，到底什麼是組織、怎樣才能順利管理組織等。杜拉克寫得清楚而具體。

不僅如此，杜拉克凌駕於一般人之上的卓越洞察力，若說是真理似乎有些誇大，但他對於探究人和社會究竟是什麼的思考精華，全都寫在這套書中。

我心裡非常震撼，甚至感動得流下眼淚。讀到書中的某一段文字，眼淚就控制不住地落了下來。現在還記得那時候的感動有多深。

同時，我也萌生了許多念頭，重新理解了書中一直探討的「經理人」這個詞的重要性。

早在接觸杜拉克的著作之前，我對「經理人」這個名詞就很感興趣。而且，在日本和歐美國家，經理人的定義截然不同。

例如，在美國職業棒球的領域中，經理人指的就是「總教練」。但在日本，則會讓人立即想起「高中棒球隊的女子經理」，專門負責幕後寫分數、收拾東西等雜務的角色。在責任與作用上，日本與歐美對經理人的定義，存在著很大差距。我讀完《管理》後，這差距似乎又更加深了。

——這時候，忽然閃過一個念頭。

「要是高中棒球隊的經理讀了杜拉克的《管理》呢？」

「假設書中的主角，誤以為杜拉克說的「經理人」是球隊經理，又會如何管理組織呢？」

「假如她好好管理，棒球隊不斷提高實力，接下來還會發生哪些事？」

這是我靈感浮現的最初一瞬間。

這一想法經過四年的歲月，以這本小說的形式與大家見面。整個過程當中，我身邊也發生了很多事情。有兩件事尤其對我留下了深刻的影響。

首先，我第一次公開這個想法在自己的部落格後，正是這本小說的責任編輯，看到我部落格上的文字而寫信來問我：「要不要寫小說呢？」才有這本書的誕生。

其次，小說裡出現的角色，正是以「ＡＫＢ48」這一女子偶像團體為雛型。幾年前，我參與過ＡＫＢ48的製作，可以就近與他們共事。在這個過程中見聞的事件和人物，深深影響了我在小說裡的角色設計及故事架構。

這是我的第一本創作，在製作的過程中，得到了許多人的幫助。謹在此表達謝意。

首先是詢問我要不要寫成書的鑽石社加藤貞顯先生。包括出版編輯部、《週刊鑽石》編輯部、業務部及所有出版社的工作人員。

接著，是負責幫我校對的山中幸子女士，設計出小說裡人物插圖的ゆきうさぎ女士以及畫出封面背景的株式會社Bamboo的益城貴昌先生及董事長竹田悠介先生。

還有，讓這本書的創作初衷得以曝光的「Maname House」網站及Maneme先生以及入口網站「Hatena」，當然還有我部落格最忠實的讀者朋友。

必須要特別提到的是，撰寫《管理》一書的彼得·杜拉克教授，以及翻譯這本書的上田惇生老師。尤其是上田老師在小說出版之際，捎來了我一輩子都忘不了的溫馨問候。非常感謝您。

最後是我的三位恩師。

第一位，是教導我什麼是娛樂業的秋元康先生。第二位，是告訴我什麼是工作的吉田正樹先生。最後是，提示我什麼是人生的吉野晃章先生。謹將這本書獻給這三位老師。

二〇〇九年十一月

岩崎夏海

文學森林 LF0012C

如果高校棒球女子經理讀了彼得・杜拉克

もし高校野球の女子マネージャーがドラッカーの『マネジメント』を読んだら

作者
岩崎夏海
一九六八年生於東京日野市。東京藝術大學建築系畢業。大學畢業後在作詞家秋元康旗下工作。曾以企畫製作的身分參與《隧道二人組之託大家的福》、《Down Town真的很不錯》等電視節目的製作。後來擔任日本偶像團體AKB48的企畫及宣傳。二〇〇九年著作《如果，高校棒球女子經理讀了彼得・杜拉克》（日本由鑽石社出版），成為暢銷書。二〇一六年起擔任童書出版社岩崎書店社長。

譯者
加藤嘉一
一九八四年生於日本伊豆。二〇一〇年獲得北京大學國際關係學院碩士學位。現擔任英國《金融時報》中文網等專欄作家，北京大學朝鮮半島研究中心、日本慶應義塾大學研究員。著有《中國，我誤解你了嗎？》、《中國的邏輯》等書。

封面設計 Digital Medicine Lab 何樵暐、賴楨璾
責任編輯 陳柏昌
行銷企畫 巫芷紜、王琦柔、詹修蘋
副總編輯 梁心愉

初版一刷 二〇一一年七月一日
初版十三刷 二〇一七年九月二十五日
定價 新臺幣二八〇元
※本書自十三刷起更換新書封，內容不變。

ThinKingDom 新経典文化
發行人 葉美瑤
出版 新經典圖文傳播有限公司
地址 臺北市中正區重慶南路一段五七號一一樓之四
電話 02-2331-1830 傳真 02-2331-1831
讀者服務信箱 thinkingdomtw@gmail.com
部落格 http://blog.roodo.com/thinkingdom

總經銷 高寶書版集團
地址 臺北市內湖區洲子街八八號三樓
電話 02-2799-2788 傳真 02-2799-0909
海外總經銷 時報文化出版企業股份有限公司
地址 桃園縣龜山鄉萬壽路二段三五一號
電話 02-2306-6842 傳真 02-2304-9301

如果高校棒球女子經理讀了彼得・杜拉克 / 岩崎夏海作；加藤嘉一譯. -- 初版. -- 臺北市：新經典圖文傳播, 2011.07
面；　公分. --（文學森林；12）
譯自：もし高校野球の女子マネージャーがドラッカーの『マネジメント』を読んだら
ISBN 978-986-87036-4-3（平裝）

861.57　　100010628